CB138387

MEU PAI, UM DESCONHECIDO?

MEU PAI, UM DESCONHECIDO?

David Léo Levisky

Meu pai, um desconhecido?

Editora Tao

Publisher Edgard Blücher
Editor Eduardo Blücher
Coordenação editorial Jonatas Eliakim
Produção editorial Thaís Costa
Preparação de texto Ana Maria Fiorini
Diagramação Claudia Fatel Lino
Revisão de texto MPMB
Capa Laércio Flenic

tao

Rua Pedroso Alvarenga, 1245, 4º andar
04531-934 – São Paulo – SP – Brasil

contato@taoeditora.com.br
www.taoeditora.com.br

Segundo o Novo Acordo Ortográfico, conforme 5. ed. do *Vocabulário Ortográfico da Língua Portuguesa*, Academia Brasileira de Letras, março de 2009.

Dados Internacionais de Catalogação na Publicação (CIP)
Angélica Ilacqua CRB-8/7057

Levisky, David Léo
Meu pai, um desconhecido? / David L. Levisky. - São Paulo : Blucher, 2022.
242 p.

Bibliografia
ISBN 978-65-89913-08-5 (impresso)
ISBN 978-65-89913-09-2 (eletrônico)

1. Levisky, David Léo - Memória autobiográfica 2. Chagall, Marc, 1887-1985 3. Odessa (Ucrânia) - História 4. Judeus - Migração - Europa 4. Judeus - Imigração - Brasil I. Título

21-5266 CDD 929

Índice para catálogo sistemático:
1. Levisky, David Léo - Memória autobiográfica

Conteúdo

Agradecimentos 9

Prefácio – Izidoro Blikstein 13

1. Paris, fevereiro de 2013: exposição Entre guerra e paz 27
2. Chagall e minha vida 37
3. Migrações 59
4. Odessa, primavera/verão de 1905 67
5. Odessa, outubro de 1905 87
6. Odessa, inverno de 1907 93
7. Odessa, 1914 101
8. Odessa, 1917 111
9. Odessa, 1918-1919: a chegada do comunismo 117
10. Odessa, 1919-1920: a fuga 129
11. Lvov, 1921 137

12. Berlim-Danzig, 1922-1924 155

13. Cherbourg (França), 1924: a viagem 169

14. Recife, 1924-1928 179

15. São Paulo, 1928- 185

16. Reencontro com o passado 195

17. Odessa, 2018 229

Referências 241

Em gratidão aos meus pais, Annita e Emmanuel,
que me alimentaram com amor, dedicação,
sabedoria, ética e capacidade de lutar pela vida.

Agradecimentos

Ao Centro de Memória - antigo Arquivo Judaico - hoje integrado ao Museu Judaico de São Paulo - meu reconhecimento e gratidão à Marina Gryts e Paulina Zilberberg Faiguenboim pelas entrevistas realizadas com meus pais; à Thea Joffe pela transcrição de áudio e à Mirella Levy pela revisão em 5 de junho de 1995.

Meu carinho à Sima Pajeck e Evelyn Levy, amigas da adolescência, que me forneceram material fotográfico e contatos na cidade de Recife, na busca de informações sobre a história dos imigrantes judeus do início do século XX naquela cidade.

Ao Claudio Hirchheimer - ex-presidente da Chevra Kadisha de São Paulo - amigo de todas as horas - que me introduziu nessa importante instituição da comunidade judaica - juntamente com Clarice Schuchman - na recuperação de dados de familiares enterrados nos cemitérios dessa instituição.

Ao Joel Posternak - ex-presidente da Chevra Kadisha de Recife - que me auxiliou na localização do túmulo de meu avô paterno enterrado no velho cemitério judaico daquela cidade.

À professora Dra. Tânia Kauffman – historiadora do Recife – que me forneceu subsídios para a realização dessa obra.

Minha gratidão ao amigo Max Perlingeiro - diretor das galerias de arte Pinakotheke Cultural – que me proporcionou a oportunidade de colaborar na realização da exposição "Estética de uma amizade". Conheci, por seu intermédio, Pedro Mastrobuono, fundador do Instituto Alfredo Volpi, que me apresentou ao rabino Dovid Goldberg, do Beit Chabad de São Paulo, no Morumbi. Graças a eles, fui prontamente atendido pelo rabino Shmulik Greenberg, de Odessa, na Ucrânia, que me ajudou a organizar a viagem e a localizar a casa onde nasceu meu pai.

Agradeço à Natalya que nos acompanhou aos principais pontos da vida judaica em Odessa. Carinho especial ao Igor Mendel Shatkin que nos atendeu antes, durante e após a visita a Odessa, quando conhecemos a instituição Mishpacha Orphanage, obra extraordinária realizada pela comunidade Beit Chabad local.

Ao rabino Michael Leipziger, amigo e historiador, leitor e incentivador de meus propósitos literários.

Ao amigo fraterno doutor Roberto Franken, Professor Titular da Faculdade de Ciências Médicas da Santa Casa de Misericórdia de São Paulo, pela leitura, análise, comentários e sugestões feitas aos originais, estimulando o andamento dessa empreitada.

Aos amigos sempre presentes, Neyla Regina de Ávila Ferreira França e João Baptista Novaes Ferreira França, psicanalistas didatas da Sociedade Brasileira de Psicanálise de São Paulo, pela leitura dos originais, comentários e sugestões, colaborando para o aprimoramento da obra.

Ao querido amigo Alberto Setzer pelas sugestões bibliográficas sobre a vida dos judeus em Odessa.

Aos amigos fraternos Pierre Ehrlich e Armelle Le Bars pelo incentivo de sempre.

Ao amigo Flávio Bitelman - Consul honorário da Moldávia - pelo material fornecido sobre a Bessarábia e, em especial, a cidade de Yedenitz ou Edenitza.

Ao meu irmão Hélio Levisky, minha sobrinha-neta Ana Levisky e seu marido Graham por compartilharmos momentos inesquecíveis em Odessa.

Ao Ricardo, meu filho, que me acompanhou nesta viagem, oportunidade especial em que pudemos nos descobrir, resgatar a história familiar e vivermos sentimentos, os mais profundos, a minha gratidão.

Ao Moty Likwornik pela linda palestra realizada sobre a vida dos judeus em Odessa, proferida em uma "live" a partir de Paris.

Um carinho especial e gratidão à Professora Salete de Almeida Cara, Livre-Docente da Faculdade de Filosofia, Ciências e Letras da Universidade de São Paulo, que se debruçou na leitura dos originais, comentou e fez preciosas sugestões para o aprimoramento deste livro. Ela, gentilmente, aceitou o convite para escrever as orelhas do livro.

Ao Professor Titular da USP, Izidoro Blikstein, especializado em Letras Clássicas pela USP, Professor Adjunto da FGV, a quem conheci em um encontro psicanalítico no Peru, na virada do século, quando ouvi falar, pela primeira vez, sobre Semiótica. Reencontrei-o, recentemente, por ocasião do lançamento do dicionário de psicanálise de casal e família, do qual sou um dos organizadores. Izidoro, com seu brilhantismo e simplicidade, comentou aquela obra, estimulando-me a convidá-lo para fazer o prefácio deste livro, o que muito me honra.

Ao amigo e mestre, professor da USP, especialista em História Medieval Ocidental, Hilário Franco Júnior, meu reconhecimento e gratidão por ter-me introduzido nos conhecimentos do pensamento histórico e da História Social.

Ao amigo Eugênio Benito, nosso líder do Gemeg (Centro de Estudos de Mitologia, Enologia e Gastronomia) pelas ponderações na definição do título do livro.

À Professora Áurea Rampazzo, coordenadora e orientadora das oficinas de redação do Museu Lasar Segall, mestra que tem me acompanhado na revisão de textos.

À minha querida e amada Ruth, aos meus filhos adorados, de quem tanto me orgulho - Adriana, Flávia e Ricardo –, as netas Nina, Lis e Cecília, joias preciosas, aos meus genros, Alex e Manoel, minha gratidão por seus amores e luzes no encontro de caminhos e sentidos da vida.

Prefácio

A leitura de *Meu Pai, Um Desconhecido?* deixou-me, ao mesmo tempo, tão perturbado e tão fascinado que considerei adequado recomendar aos leitores que se preparem para uma vertiginosa aventura ao longo dessa narrativa tão habilmente alinhavada por David Leo Levisky. Vale observar que a habilidade literária do autor já se evidencia logo nas primeiras linhas do livro:

> *"Chorei diante de um dos quadros de Marc Chagall enquanto visitava a exposição "Entre Guerra e Paz" no Museu de Luxemburgo."*

Este breve desabafo de David, quase lacônico, carrega, no entanto, um significado fundamental para entender não só sua reação emocional, mas também os desdobramentos de seu contato com as pinturas e a autobiografia de Marc Chagall. Com efeito, sabemos que o estilo de Chagall nada tem a ver com a pintura figurativista que buscava representar mimeticamente a realidade: a linguagem pictórica de Chagall procurava penetrar no universo inexprimível do inconsciente, lá onde residem os sonhos. É com essa linguagem que os surrealistas se empenhavam em retratar o mundo onírico, delirante, caótico, fascinante, assustador... tal como David o descreve, ao comentar o quadro em que Chagall apresenta um casamento judaico numa *shtetl*, "cidadezinha", "povoado" (termo do iídiche, língua alemã falada pelos judeus da Europa Central e Oriental):

> *"De braços dados, o casal atravessa o telhado de uma casa em direção aos céus; o noivo de terno preto, a noiva de vestido branco segura um buquê florido em meio a cabras e objetos flutuantes suspensos no ar."*

Nesse cenário tipicamente surrealista, as pessoas, os animais, os objetos desafiam as leis da natureza, flutuando e irradiando alegria pelo espaço. Uma das funções da arte surrealista é, justamente, subverter a ordem considerada "natural" para despertar e "regenerar o poder do olhar humano", como proclama René Magritte, também surrealista. Pois bem, como bom surrealista, Chagall procurava levar aos judeus de seu mundo – as *shtetlach* (cidadezinhas) – uma percepção animada, colorida e até mesmo eufórica da vida, a fim de que pudessem contrapor-se e suportar a dura realidade em que viviam. Conforme a narrativa de David – inspirado em *Ma vie* (Minha Vida), de Chagall – antes mesmo do advento do nazismo e, portanto, do Holocausto, os judeus já eram massacrados por uma vida duríssima, marcada pela pobreza, pelo feroz antissemitismo, pelos *pogroms* (violentos ataques periódicos), pela ameaça constante de expulsão das terras em que as famílias judaicas foram "autorizadas" – por exemplo, pelo Czar Nicolau II, da Rússia – a se instalarem.

É preciso lembrar, portanto, que nem sempre Chagall manifestou uma percepção colorida e eufórica, pois, diante da brutalidade das guerras e dos massacres, ele utilizou a linguagem surrealista para denunciar os crimes e a desumanidade praticada contra pessoas pacíficas e indefesas. É o que podemos verificar no quadro *A Crucificação*

Branca (1938), em que, sobre uma população de camponeses, rabinos, mulheres, crianças, em pânico, fugindo de um tenebroso ataque do opressor, pairava a figura de Cristo, sofridamente crucificado.

Intensamente motivado e inspirado, então, pela arte e a autobiografia de Chagall, David vai, pouco a pouco, penetrando, não sem resistência, nas esferas do inconsciente e tomando contato com seu "passado presente". Daí as lágrimas:

> "A imprevisibilidade e as transgressões ilógicas, frequentes nos desenhos infantis, estavam ali presentes, representando modos de vida daquela gente e época. *Evocavam sentimentos e lembranças de algo nunca vivido, mas presente em meu ser, escondido em arquivos inconscientes.* Tomado de súbita pressão explodi em lágrimas que me constrangeram". *(grifos meus)*

Ao começar a abrir os "arquivos inconscientes", David constata a predominância do silêncio no relacionamento com os pais:

> *"Em minha imaginação, aquelas imagens poderiam corresponder ao que teria sido o local de origem de meus pais. Eles pouco falavam do passado, menos ainda de suas infâncias. Eu também não perguntava."*

O silêncio: eis aí uma questão fundamental! Em toda a literatura judaica de memórias sobre o período pré-Holocausto e, posteriormente, sobre o Holocausto, verificamos referências ao silêncio das vítimas a respeito de violências, humilhações, agressões, ofensas, invasões que sofreram caladas. Por que o silêncio? Atrás dessas ameaças todas, havia, inevitavelmente o sentimento do medo. O medo... tão agudamente descrito por Carlos Drummond de Andrade, em 1945, ainda sob os efeitos da Segunda Guerra Mundial:

O Medo

Em verdade temos medo.
Nascemos escuro.
As existências são poucas:
Carteiro, ditador, soldado.
Nosso destino incompleto.

E fomos educados para o medo.
Cheiramos flores de medo.
Vestimos panos de medo.
De medo, vermelhos rios
Vadeamos.

Somos apenas uns homens
E a natureza traiu-nos.
Há as árvores, as fábricas,
Doenças galopantes, fomes.

[...]

Adeus: vamos para a frente,
Recuando de olhos acesos...
Nossos filhos tão felizes...
Fieis herdeiros do medo,
Eles povoam a cidade,
Depois da cidade, o mundo,
Depois do mundo, as estrelas,
Dançando o baile do medo.

É notável como Drummond consegue descrever aqui a "geografia" do medo: os filhos, herdeiros do medo para o qual os pais foram educados, espalharão esse sentimento pelo universo inteiro. Aliás, vale notar que a descrição de Drummond se aplica perfeitamente aos tempos atuais, cobertos não só pela pandemia, mas, também, por nuvens totalitárias que vêm turvando os horizontes da cidadania.

E assim ocorreu com os judeus, antes do Holocausto. Medo da miséria, medo da insegurança, medo da instabilidade, medo do antissemitismo, medo da violência, medo de deixar os territórios para os quais receberam o consentimento de morar... embora pudessem ser expulsos a qualquer momento. O que fazer? Como e para quê falar do medo? Não vale a pena, assim pensava a geração do medo. É o que explica o silêncio que tanta angústia causava em David.

Verificamos, então, como a pintura, a autobiografia de Chagall, o poema de Drummond, as artes, enfim, podem contribuir para compreender a lógica dos "arquivos inconscientes" de David. Com razão, observou Roland Barthes, em sua aula inaugural no Collège de France (7/1/1977), que "a ciência é grosseira, a vida é sutil, e é para corrigir essa distância que a arte nos importa". De fato, a arte nos ajuda a decifrar os enigmas da vida.

Assim, para entender o silêncio dos pais, David procura, em autores como Sholem Aleichem, Isaac Babel e Vladimir Jabotinsky, informações sobre o estilo de vida dos habitantes das *shtetlach* (onde vivia a família da mãe do autor), bem como dados sobre Odessa (terra do pai do autor). Além dos escritores citados, contudo, é a narrativa profundamente humana, genuína e emblemática de *Ma Vie* (Minha Vida), de Marc Chagall, que servirá de guia para David descobrir situações similares ou diferentes na sua família:

> *"Muitas das situações por ele contadas eu as identifico em mim, principalmente, na família de minha mãe e no modo de ser de muitos judeus descendentes dos schteitls da velha Europa."*

A essas semelhanças opunham-se profundas diferenças, quando David se referia ao pai:

> *"Mas, em Odessa, haveria esse clima nostálgico do schteitl? De onde veio meu pai? Como era o lugar onde ele viveu? Eram ricos ou pobres? Vieram de um vilarejo ou de cidade grande? Quem eram meus avós paternos? Por que saíram do país de origem e como vieram parar no Brasil? Indagações sem respostas. Questões que nunca haviam sido feitas para ele nem por mim nem pelo meu irmão.*
>
> *Também, não lembro de ele ter compartilhado comigo seu passado. Meu irmão e meu pai nunca conversaram a respeito desse passado."*

Na verdade, o silêncio, a carência de diálogo e, enfim, a falta de comunicação sobre a história de vida, os problemas e dificuldades enfrentadas pelos judeus têm constituído um tema recorrente não só para David, mas, também, para outros romancistas, bem como para filósofos, teatrólogos, cineastas, artistas, de um modo geral. Trata-se, aliás, de um tema que interessa a todos aqueles que se preocupam com a dominação totalitária, a relação entre opressores e oprimidos, o sofrimento dos desprotegidos e indefesos. A fecundidade dessa temática tem desencadeado toda uma *intertextualidade,* conceito proposto pelo linguista russo Mikhail Bakhtin (1895-1975). Segundo Bakhtin, a intertextualidade é o fenômeno pelo qual se estabelece um "diálogo" entre um texto com um ou mais outros textos, que podem ser verbais, não verbais ou mistos. Assim, ao citar trechos de *Minha Vida,* David constrói uma relação intertextual entre seu próprio texto e o de Chagall. O resultado dessa construção intertextual é valorização do conteúdo de ambos os textos. É o caso do filme *Fiddler on the Roof* (Um Violinista no Telhado), dirigido por Norman Jewison e baseado no conto *Tevye and His Daughters* (Tevye e Suas Filhas), de Sholem Aleichem. A relação intertextual promove o conhecimento do conto, a revelação do universo e da cultura judaica das *shtetlach* (cidadezinhas), a negação do estereótipo do "judeu rico", diante da pobreza da população, e a popularização do ícone do *violinista no telhado,* criado por Chagall. A intertextualidade foi o resultado do diálogo entre o texto de Sholem Aleichem, o filme de Norman Jewison e o musical em dois atos do compositor americano Jerry Bock, com letra de Sheldon Harnick e libreto de Joseph Stein.

A "parceria" Chagall/David alimentou a intertextualidade cultural entre Vitebsk (Chagall) e Edinet, na Moldavia (terra da mãe de David)

- *"A descrição da casa de Chagall me fez pensar na casa de minha mãe em Edinet, pequena, de madeira construída sobre pilares, elevada do chão de terra na rua do Correio."*
- *O clima descrito por Chagall eu respirava na casa de minha avó materna no bairro do Bom Retiro ou na casa onde nasci, na alameda [...], um sobradinho geminado.*

Já no caso de Odessa, terra do pai de David, as conexões intertextuais foram diferentes devido ao nível cultural e econômico, conforme a descrição do autor:

> *"A cidade fica em um entroncamento marítimo que une Europa e Ásia, um centro exportador de trigo e gado. Dezenas de etnias frequentam a cidade que, apesar de nova, fundada em 1794, tem adquirido personalidade*

> *ímpar ao inspirar poetas, escritores e artistas que a consideram a cidade dos sonhos, de esplendores e tragédias, a Pérola do Mar Negro".*

Essa situação privilegiada, entretanto, não impediu que a cidade fosse submetida a uma situação de deterioração, em virtude da má administração do governo czarista, responsável pela crise econômica e política, pelo empobrecimento da população e pelo caos generalizado... além (como não podia faltar) de movimentos antissemitas que responsabilizavam os judeus pela crise. Diante da revolta e dos protestos do povo, o governo respondeu com uma violência histórica, como nos relata David:

> "O descontentamento popular em junho havia chegado ao ápice. Os extremistas e grevistas tornaram-se ainda mais violentos. Barricadas estão montadas nas ruas e os anarquistas lançam bombas nas unidades policiais enviadas para reprimir os distúrbios. A cavalaria imperial toma conta da escadaria que dá acesso ao porto. Muitos são mortos por tiros, pelas espadas e pisoteados pelos cavalos. Na entrada do porto, o encouraçado Potemkin está ancorado, sem que se saiba se para reprimir ou assustar a população que o observa do alto do belvedere.
>
> Em seu interior, os marinheiros famintos, alimentados com carne podre, estão doentes e revoltados". *(grifos meus)*

A narrativa de David é preciosa, pois reproduz, com notável concisão, o conteúdo do clássico filme *O Encouraçado Potemkin* (1925), do cineasta russo Serguei Eisenstein. O texto de David fica, portanto, valorizado pela relação intertextual com o filme de Eisenstein. E, para demonstrar o alcance da intertextualidade, cenas do *Encouraçado Potemkin* constituem o grande momento de suspense de outro clássico cinematográfico, *Os Intocáveis* (1987), de Brian De Palma.

Quando o texto possibilita estabelecer relações intertextuais, há, certamente, um enriquecimento do conteúdo semântico da mensagem e, consequentemente, o desenvolvimento da competência comunicativa. Para tanto, é necessário uma percepção arguta, capaz de captar a significação de pormenores aparentemente irrelevantes.

Tal é o caso de uma cena ocorrida na fábrica de *matzah* do avô de David:

> "Os sacos de farinha ficavam encostados junto à parede sobre tábuas improvisadas. Vez por outra via-se correr uma ratazana à procura de comida". *(grifos meus)*

Seria um fato menor, se cena semelhante não fosse utilizada numa sequência cinematográfica de um famigerado documentário produzido pelo nazismo, com o objetivo de apresentar uma imagem extremamente negativa dos judeus. Trata-se de *O Judeu Eterno* (1940), dirigido por Fritz Hippler.

Para persuadir os espectadores a respeito do mau caráter dos judeus, eles são apresentados como um povo cruel, sovina, desonesto, trapaceiro e, sobretudo, sujo, imundo, nojento. Buscando conferir credibilidade às informações, os produtores apresentam, como prova da imundície judaica, uma cena horripilante: de um cômodo (talvez o porão) de uma casa num gueto judaico, começam a sair, pouco a pouco, ratos que vão inundando totalmente o cenário; trata-se de uma metáfora em que os ratos representam os judeus. A cena referida por David está comprometida com o filme nazista, em virtude da relação intertextual entre as duas imagens de ratos.

Outra fonte de intertextualidade que poder gerar ruídos de comunicação é o discurso do preconceito e do racismo. David ilustra essa problemática com o seguinte episódio:

> "Estávamos reunidos no pátio, em pé, quando um colega diante da minha sugestão, voltou-se para mim dizendo: - seu judeuzinho vai embora daqui, volta pra sua terrinha! Avisei-o de que se ele repetisse aquilo eu lhe quebraria a cara. Ele não teve dúvidas, repetiu. Eu também não tive dúvidas, acertei-o no olho esquerdo. Foi o maior soco dado em minha vida. Ele caiu no chão e lá ficou. Eu corri, amparado por colegas que me colocaram no primeiro ônibus que passava, visto que a turma dele queria me pegar. Ao chegar em casa, apavorado, assustado com a minha reação, mas orgulhoso de meu ato, contei para meus pais, desejoso de ouvir uma palavra de aprovação e orgulho. Tomei do meu pai a maior bronca por ter reagido". *(grifos meus)*

Observa-se aqui a manifestação explícita do preconceito, com um discurso padrão do racismo. Mas é notório que o pai de David, sempre envolto na couraça do silêncio, tenha reprovado a atitude do filho... embora o colega, como veremos a seguir, continuasse um racista oculto. Sucedeu, de fato, que David e o colega voltaram a encontrar-se e teria havido uma retratação do "ex" racista:

> "Passados anos de formado, meu colega se desculpou e tornamo-nos amigos. Ele teve a humildade de reconhecer seu erro. Hoje, ele identifica parentes judeus e admite afinidades com o mundo judaico". *(grifos meus)*

Pela análise semiótica do discurso, podemos dizer que o colega de David não reconheceu seu erro, mas o "disfarçou".

Justificamos nossa interpretação apoiados no conceito de intertextualidade como um diálogo entre dois textos: o texto do lado direito do discurso e o texto do avesso do discurso. Do lado direito, temos o texto que deve gerar um efeito positivo no destinatário: no avesso ou lado oposto, situa-se o texto que contém o pensamento verdadeiro do remetente da mensagem.

No lado direito, o colega de David disse que "identifica parentes judeus" e que "admite afinidades com o mundo judaico". Justificativas ambíguas! Mas, no avesso do discurso, há o pressuposto de que ele não é racista, porque descobriu ter parentes judeus e tem afinidades. O que são, exatamente, "afinidades" e por que não "amizades"? E por que "mundo" judaico"? O fato é que *parentes, afinidades, mundo* são termos que colocam os outros (isto é, os judeus) bem à distância. Trata-se aqui de um surrado discurso cujo significado é: "não pensem que sou racista". Por isso, ouvimos sempre frases como: "Tenho muitos amigos negros!". "Admiro os orientais". "Gosto muito de nordestinos".

Outro campo propício a interferências e ruídos intertextuais é o do elogio e, principalmente, da crítica negativa, atributo inequívoco da mãe judia da *shtetl*, como David oportunamente pontuou, ao deixar bem evidente a intertextualidade que justapõe seus comentários e o texto de Chagall:

- Texto de Chagall:

> "- *Olhe mamãe, isto te agrada?*
>
> *Ela observa minha pintura com olhos que só Deus sabe quais. Eu aguardo seu veredito. Ela pronuncia lentamente: - Sim meu filho, eu percebo o seu talento. Mas meu filho, escute-me. Talvez você seja um balconista. Tenho pena de você. Faz mal para tuas costas. De onde vem isso? Como surgem essas ideias?"*

- Texto de David:

    "Em minha casa a expressão: "mas" estava sempre presente diante de qualquer observação, contribuindo para fragilizar uma opinião. Outros poderiam dizer que era para enriquecê-la. Atributo que incorporei como um gerador de dúvidas, de ambivalências..."

- David tem razão: cabe esclarecer que a crítica negativa, portadora de ambiguidades, é gerada por outro texto: o influenciador discurso do medo. Com efeito, o medo do que pode acontecer de ruim paralisa qualquer iniciativa. Estamos diante, portanto, de uma tripla intertextualidade: discurso de Chagall, discurso de David e o discurso do medo. Explica-se o uso frequente de duas interjeições do iídiche que caracterizam, respectivamente,
- O medo de algo ruim: Oy vey, "Deus me livre!";
- A dúvida: Nu?, "E agora, o que fazer?", acompanhada de um gesto de dúvida com as mãos.

Agora, podemos também nos indagarmos:

- *Nu? E agora, José* (plagiando Drummond)? *O que fazer? Como Davi resolveu suas pendências com o pai? Continua um desconhecido?*

Eu diria não. E explico. David realizou belo e corajoso trabalho de pesquisa, reflexões, autocrítica, minuciosa descrição da cultura e da história familiar. Considero o livro uma preciosa contribuição para os estudos linguísticos sobre a competência comunicativa. Com efeito, David demonstrou como a comunicação pode destravar as correntes que aprisionam as palavras e torna possível estabelecer as relações entre as pessoas, apesar de reconhecer as barreiras com o pai:

> *"- Por que, apesar desses momentos marcantes no encontro com meu pai, eu sentia não haver intimidade, não existir certa cumplicidade entre nós?"*

Mas, por outro lado, David empenhou-se em "conhecer-se a si mesmo" para superar seus entraves e compreender seu pai:

> "O clima que tento descrever motivou anos de terapia e depois de análise de divã, reveladoras de conflitos de amor, ódio, ciúmes e inveja, rivalidades fraternas, luta por autonomia, autoafirmação, busca de superação de minha personalidade off road". *(grifos meus)*

Este é o mérito do autor: empenhar-se no autoconhecimento para superar as limitações e desenvolver um relacionamento eficaz com os outros. David conseguiu esse autodomínio por meio do autoconhecimento e, sobretudo, pelo domínio das palavras. E pelo domínio das palavras, David pode alcançar um relacionamento harmonioso com seus semelhantes, como aconteceu no retorno a Odessa, com sua família, ao ler, emocionado, a carinhosa carta do filho Ricardo.

Afinal, como tão precisamente definiu Antoine de Saint-Exupéry,

> *"o ser humano é, simplesmente, um nó de relacionamentos"*

> *("l' homme n'est qu'um nœud de relations").*

IZIDORO BLIKSTEIN

CAPÍTULO 1

Paris, fevereiro de 2013: exposição Entre guerra e paz

Chorei diante de um dos quadros de Marc Chagall enquanto visitava a exposição Entre guerra e paz no Museu de Luxemburgo. Reação ilógica, sem motivação aparente, diante de uma pintura ingênua, de cores alegres e formas oníricas. Obra de um pintor em devaneio ao retratar as núpcias de um casal em um pequeno vilarejo nos arredores de Vitebsk, na Bielorrússia, onde ele nasceu. De braços dados, o casal atravessa o telhado de uma casa em direção aos céus; o noivo de terno preto, a noiva de vestido branco, segurando um buque florido em meio a cabras e objetos flutuantes suspensos no ar. Uma simplicidade comovente.

Fora do museu, um frio intenso congelava turistas desavisados, que aguardavam na longa fila para comprar ingressos para aquele dia. François, muito prudente, os havia adquirido com antecedência e nos fez entrar pela porta dos convidados preferenciais. François é um importante *marchand* francês, amigo que havia conhecido em uma das muitas visitas feitas à cidade e que me acolheu no início de minha formação profissional. Aproveitamos o intervalo entre as atividades turísticas e culturais – além de algumas comprinhas – para desfrutar da exposição.

Cada vez que visitava a França, sentia-me desejoso de, ao voltar para o Brasil, colaborar com o desenvolvimento do país e do povo que deram tantas oportunidades aos meus pais, imigrantes europeus, que aqui chegaram sem nada, apenas com educação e vontade de trabalhar. Com essa disposição para lutar e, se possível, vencer, construíram recursos para educar os filhos. Daí para a frente, o futuro dependeu de aprendermos a pescar e voar por nós mesmos.

Em meio a essas ideias, tentava me concentrar na exposição de Chagall. Caminhava pelas galerias apinhadas de admiradores que paravam próximo das pinturas para ver casas simples e suspensas, cabritos voando, carroças, anjos, homens e mulheres abraçados, noivas emocionadas e puras flanando no ar, sem distinção entre dentro e fora, chão, nuvens e paredes. Cenas que se misturavam aos ares rurais do Império Russo na transição dos séculos XIX e XX.

Aproximava-me e me afastava das telas para melhor apreciar contrastes e nuances. Tentava entender o estranho mobilizado em mim pelas pinturas, sem, no entanto, identificar o que me tocava, o que estava me agitando tão profundamente a alma. Eu não era capaz de nomear os elementos que compunham minha inquietação e mal-estar, estimulados por algo, ao mesmo tempo, estranho e familiar, contradição excitante e geradora de indagações.

François caminhava ao meu lado sem perder a oportunidade de exibir saberes relacionados à vida do artista, integrando-os aos movimentos culturais da época. Eu o ouvia sem escutar. Estava intrigado com as formas, as cores e as ideias do pintor projetadas nas telas, que se confundiam com os enigmas que me inquietavam. A irritação me subia à cabeça, empurrado por curiosos que se postavam à minha frente, enquanto eu tentava esclarecer, sem êxito, os porquês das minhas reações a imagens tão pueris, surreais e de colorido surpreendente.

A imprevisibilidade e as transgressões ilógicas, frequentes nos desenhos infantis, estavam ali presentes, representando modos de vida daquela gente e época. Evocavam sentimentos e lembranças de algo nunca vivido, mas presente em meu ser, escondido em arquivos inconscientes. Tomado de súbita pressão, explodi em lágrimas que me constrangeram. Retirei-me para um canto, amparado pelo segurança, que prontamente me ofereceu uma cadeira. Mergulhei a cabeça entre as mãos e chorei um choro soluçante e descontrolado. Quando me acalmei, tomado de vergonha, me refugiei no banheiro para me recompor.

Tentei prosseguir com a visita, mas foi um fracasso. Não conseguia me concentrar, tomado por intenso cansaço. Voltei para o hotel acompanhado por François, que procurou me tranquilizar:

— Deite um pouco e relaxe. Passarei mais tarde para apanhá-lo. Se estiver bem, iremos juntos a uma recepção na Embaixada Brasileira. Haverá muita gente chique e famosa do mundo artístico e empresarial dos dois países. Acho que você vai gostar. E, no mínimo, vamos comer e beber bem.

Concordei, sem ânimo para retratar o que sentia naquele momento. Atirei-me na cama, invadido por uma profusão de pensamentos sobre a história dos meus antepassados, vindos do leste europeu e sobre os quais pouco sabia. Percebia as lacunas existentes em minha história de vida, sem conseguir correlacionar as inquietações emocionais com o material da exposição. Tomei um analgésico e logo adormeci.

Estava escuro quando o telefone tocou. Era François no saguão do hotel, querendo saber como eu estava e se iria com ele ao evento:

— Se estiver melhor, aguardo-o aqui no saguão enquanto você se arruma.

Resolvi enfrentar a preguiça e deixar o quentinho da cama para acompanhar François. Não queria frustrá-lo – e nem a mim –, ele que sempre se colocava tão gentil e disponível, com papos deliciosos. Também estava curioso para curtir uma reunião dessas, pouco comum no meu dia a dia.

— Um momento. Irei com você. Preciso tomar um banho e me vestir.

Demorei mais do que pretendia para descer, pois estava interessado em agendar nova visita à exposição para o dia seguinte, incomodado com os ruídos internos que seguiam a me perturbar. No dia seguinte, iria direto da exposição para o aeroporto, com embarque marcado de retorno para o Brasil.

Exausto pela intensidade da noite anterior, voltei à exposição, acompanhado de mala e algumas compras. A fila dos sem ingressos continuava extensa. O frio castigava os turistas ávidos para conhecer a obra revolucionária daquele judeu nascido em 7 de julho de 1887, filho de um vendedor de arenques conservados em tonéis de salmoura.

Reiniciei a visita, passando, lentamente, pelas duas primeiras salas, quando resolvi ir direto ao salão no qual estava exposto o quadro mobilizador da forte emoção. As imagens me levaram a pensar em meus pais, que permaneceram casados por mais de 65 anos. Uma sensação nostálgica vinha das profundezas do meu ser, marca da presença de sentimentos subterrâneos, inomináveis. Chagall retratava modos de vida do seu vilarejo natal com alegria e ternura. Em minha imaginação, aquelas imagens poderiam corresponder ao que teria sido o local de origem de meus pais. Eles pouco falavam do passado, menos ainda de suas infâncias. Eu também não perguntava.

As imagens me fizeram lembrar as do vendedor de leite de cabra de minha infância, um homem de meia-idade que descia a

Alameda Campinas com seu rebanho controlado por uma vara de bambu. Geleia, um vira-lata, corria e latia em torno dos animais, mantendo-os agrupados, impedindo que retardatários ou desertores se desgarrassem do grupo. Sinos pendurados no pescoço tilintavam, anunciando sua presença. Eu corria até o portão de casa para ver os animais, muitas vezes com uma panelinha na mão para comprar o leite, acompanhado dos conselhos de minha mãe:

— Cuidado para não derrubar o leite! Custa muito caro! Não corra, você pode se machucar!

As pinturas de Chagall evocavam rabinos, imagens da Torah, pessoas com vestimentas estranhas e símbolos da vida judaica que mexeram com minhas lembranças de infância. Emergiram na memória a casa da minha avó, no Bom Retiro, as festas judaicas, as brigas com o professor de hebraico - um chato que me atormentava às vésperas do *bar mitzvah*. Língua estranha que aprendi a ler sem nada entender, em meio a broncas dadas em um português horrível, cheio de sotaque, quando eu perguntava o significado do que estava lendo:

— Leia isso aí menino! Não pergunte.

Mas ler o indecifrável, o incompreensível!

Minha mente oscilava entre admiração pela ousadia e espontaneidade do pintor e sentimentos nostálgicos, lúdicos, inusitados, sombrios e violentos de minha infância. Imagens de guerras, *pogroms*, perseguições e mortes em meio à alegria e encontros de família. Era o picadeiro da vida, retratado em múltiplas cores, amores, música, opressões e humilhações, entre mulheres sensuais e homens apaixonados. Trapezistas que se equilibravam no viver perigoso dos desejos e da vida real.

Chagall seria o ponto de partida do regresso ao passado presente em mim. Nas investigações sobre o silêncio ruidoso que me fez chorar, sentir estranhas sensações, mistérios a serem desvendados. Amores e pavores da história de vida do pintor russo presentes em minhas motivações, uma possibilidade.

Caminhava, na exposição, pelas aleias de quadros, perdido em pensamentos, quando o celular tocou:

— Sou eu, François. Onde você está?

— Voltei ao Museu de Luxemburgo para terminar de ver a exposição.

— Quero lhe fazer uma surpresa. A que horas você embarca? Vamos jantar em um bistrô próximo ao museu? Eu o levarei ao aeroporto, assim teremos algum tempo para mais um brinde antes de nos despedirmos. Sua mala está no hotel?

— Não. Está aqui comigo, mas não quero incomodá-lo, nem abusar de sua gentileza.

— Não se preocupe. Será um prazer. Faço questão.

— Pelo visto, não tenho alternativas!

— É verdade. Passarei para apanhá-lo dentro de uma hora. Tudo bem para você?

— Espere-me na entrada principal. Está muito frio e chovendo para aguardar do lado de fora.

O telefonema alterou meu estado de espírito. Apressei-me para concluir a visita, sem poder imaginar o que se passava na cabeça do meu amigo.

François chegou pontualmente:

— Vamos a um bistrô próximo daqui. Comeremos alguma especialidade francesa e brindaremos à nossa amizade. Aproveitei para comprar esta lembrancinha para você. Acredito que irá gostar.

Sorridente, entregou-me uma sacolinha, essas de plástico fininho, com um livro embrulhado para presente. Hesitei para abri-lo e logo ouvi:

— Abra-o! Abra-o! Quero ver sua reação.

Um tanto constrangido, rasguei o papel e deparei com o título *Ma vie* (*Minha vida*), de Chagall, de 1928.

— Livro único - disse-me François -, escrito por ele mesmo, no qual relata sua infância, juventude e primeiros passos no estudo da pintura. Quem sabe, no interior dele, você encontrará respostas para sua grande emoção? Ou, pelo contrário, surgirão mais dúvidas sobre a vida do pintor e possíveis relações entre a pintura e aspectos que poderiam tê-lo sensibilizado, já que seu pai nasceu em Odessa, como você havia me dito. Estou curioso para saber o que sairá de dentro de você, se cobras, lagartos, devaneios e sabe-se lá o que mais. Sua emoção me comoveu. Achei que você poderia gostar de saber mais sobre a vida do pintor. É uma pequena lembrança do nosso encontro.

Levantei-me para abraçá-lo, tomado de forte emoção:

— Parece que você leu meus pensamentos. Pretendia ir ao encontro da biografia do Chagall para situar características da vida naquela região e época. Talvez as cidades da zona rural fossem parecidas entre si? Pode ser que a infância de meus pais se assemelhasse em alguns aspectos àquela vivida pelo pintor. Na verdade, sou um ignorante da história de vida dos judeus da Europa Central. Pouco ou quase nada me foi transmitido. Só agora estou tomando a iniciativa de ir atrás. Curiosamente, meus pais nada me contaram da infância deles. Como e quando vieram? O que os teria levado a deixar a terra natal? Onde chegaram e como foram os anos de adaptação inicial no Brasil? Tenho apenas alguns dados esparsos de um e de outro, sem conseguir montar uma história que me faça sentido, tampouco sei como teria influenciado minha infância e desenvolvimento. Há lacunas a serem desvendadas. Sou um estranho de mim mesmo.

— Bem! Você tem pela frente um belo processo de investigação. Se for um bom detetive, tiver tempo e motivação, provavelmente, descobrirá muitas coisas. Não sei se ajuda, mas, entre o final do século XIX e início do XX, o movimento migratório da Europa para as Américas foi intenso, devido à fome, miséria, guerras e perseguições de grupos minoritários, como os judeus. Havia uma burguesia e uma aristocracia rica, corrupta e cheia de privilégios. Aliás, não muito diferente do que se vê hoje com os movimentos migratórios do Norte da África para a Europa.

— No Brasil também é assim. País que ofereceu muitas oportunidades para os estrangeiros que vieram "fazer a América", como se costumava dizer por lá, sem saberem se era a do Norte, Central ou do Sul. Encontraram um povo hospitaleiro ao lado de desilusões, sujeiras e corrupções que já existiam, e que, agora, estão mais evidentes, denunciadas pelas mídias sociais.

— Precisamos ir! Disse François. Teremos de deixar essa conversa para uma outra oportunidade. Em vez de levá-lo até o aeroporto, vou deixá-lo no Airbus que irá diretamente ao seu terminal de embarque. Sexta-feira a esta hora o trânsito deve estar terrível.

— É mesmo. A conversa está tão boa que acabei me desligando do horário. Pegarei um táxi. Não precisa se incomodar. Adorei o livro. Tenho certeza de que ele me será muito útil.

— Fico feliz por isso. Vou deixá-lo no ponto de ônibus. É muito tranquilo e mais barato. Ele o deixará no terminal 2B. Vamos caminhando enquanto lhe conto algo sobre Chagall.

E continuou:

— Era um jovem transgressor para a sua época, como costumam ser os jovens. São eles os que primeiro rompem com o *establishment*.

Distante da educação religiosa. Como judeu, quebrou a tradição familiar e se transformou em um dos maiores pintores dos tempos modernos. Foi figurinista, cenógrafo e trabalhava na elaboração de lindos e significativos vitrais. Foi um gênio na arte de representar por meio de imagens e formas. Era um menino tímido, mas corajoso e perseverante em seus propósitos criativos, levando sua mãe a se resignar quanto ao futuro do filho como judeu. Na adolescência, ela o incentivou a estudar desenho e pintura na escola de Belas-Artes de São Petersburgo. Isso já em fins do século XIX... Bem, pronto, chegamos. Temos de nos despedir. O final da história ficará para outra ocasião, ou será que a ouvirei de você?

Rimos emocionados e nos despedimos. Assim que me sentei, o ônibus partiu. Sentia-me um gigante aventureiro, desejoso de desvendar segredos e mistérios, e, ao mesmo tempo, um anão perdido na imensidão das histórias. A ignorância sobre a história de meus pais e de outros familiares da geração deles se refletia na presença de um grande vazio interior; uma corrente com muitos elos perdidos. Havia um sentimento de não enraizamento, ou, quem sabe, de um enraizamento em constante deslocamento. Um ser errante. Sentimento difícil de ser percebido, acompanhado de uma indagação fundamental: vale à pena mergulhar nessa caverna escura? Para quê?

A razão me dizia que não valia o esforço. Mas uma força irracional, poderosa mesmo, me empurrava nessa direção. Aprendi com a própria experiência que o bem-estar e a felicidade dependiam do respeito que eu dava à minha intuição. Busca maluca, cheia de trabalho e sofrimento, mas isso não era o importante. O que valia eram as possibilidades de realização pessoal.

Comecei a devorar *Ma vie*, na firme convicção de que extrairia dali elementos que me serviriam de pistas para compreender os primeiros anos da vida de meu pai, incógnitas que, certamente, teriam influenciado o meu jeito de ser. O silêncio sobre a infância dele me fez levantar suspeitas de que muitos dos meus medos intensos e um perfil de eterno questionador provinham de ruídos profundos presentes em minha personalidade. Esperava poder fazer correlações entre a vida do pintor, que tanto me sensibilizou, e possíveis elementos culturais e psicológicos da vida na Rússia. Conteúdos que poderiam me ajudar a entender o que teria se passado na vida de meu pai, em sua infância e juventude, e a influência desses acontecimentos em minha vida.

Acordei tarde. Os familiares da velha guarda que ainda restam vivos são poucos e não sabem falar sobre as histórias de nossos antepassados. Também não as ouviram de seus pais e não se lembraram de perguntar sobre suas raízes, de onde e como vieram. Por que saíram da terra natal? Que trajetos fizeram? Como escolheram sua nova morada?

A ameaça do fim da história gera angústia. Quando o passado desaparece não lidamos bem com o presente, nem atenuamos a angústia frente às ilusões de termos algum controle sobre o planejamento do futuro, nem que seja como sonho. Talvez as inquietações sejam apenas e unicamente pessoais, mas me estimulam a realizar esse trabalho de resgate arqueológico, histórico e, principalmente, emocional. A busca de vestígios históricos pesquisados, contados, ouvidos ou visto em fotos permite intuir, usar da criatividade e da imaginação para dar uma certa lógica ao passado presente, gerador de vazios. Suponho que seja um meio de preencher lacunas existenciais, cuja investigação amplia o sentido da vida, em um momento tão cheio de incertezas. Mas em que futuro se está pensando?

CAPÍTULO 2

Chagall e minha vida

Procurei acompanhar o processo histórico da região da Ucrânia, Bielorrússia e Bessarábia, todas elas pertencentes, no passado, ao Império Russo, na crença de que haveria semelhanças entre o estilo de vida em Vitebsk, Bielorrússia, terra de Chagall, projetada em sua maravilhosa obra, e a vida dos meus avós paternos, os Levitsky, vindos de Odessa.

Conhecia a obra "Tévye, o leiteiro", de Scholem Aleichem, levada ao teatro como o musical *Fiddler on the roof* (*Violinista no telhado*), e imaginei que meus familiares teriam vindo de diferentes "*schteitls*", aldeias judaicas da Europa, que, apesar das particularidades locais, teriam características similares àquelas contadas no livro citado ou identificadas nos *Contos de Odessa*, de Isaac Babel.[1] Porém, vim a descobrir que, em Odessa, a vida vivida era

---

[1] Babel, nascido em Odessa em 1894, escreve em *Contos de Odessa* sobre a vida da comunidade judaica nessa cidade durante o Império Russo e após a revolução comunista. "Para os judeus a vida fora da lei era, não raro, uma imposição

diferente, conforme identifiquei em *The five* (*Os cinco*), de Vladimir Jabotinsky.[2] Esses movimentos me estimularam a aprofundar as investigações e o conhecimento sobre as trajetórias seguidas pelos Levitsky no contexto histórico e familiar de transição do século XIX para o XX até sua chegada ao Brasil.

Nas cenas projetadas por Chagall nas pinturas ou descritas no livro *Ma vie*, o autor retrata aspectos de sua vida em Vitebsk, passando por São Petersburgo até chegar a Paris. Muitas das situações por ele contadas eu as identifico em mim, principalmente, na família de minha mãe e no modo de ser de muitos judeus descendentes dos *schteitls* da velha Europa.

Chagall representa um modo de ser judeu em uma comunidade fechada, com costumes e tradições comuns aos judeus daquela região. Entretanto, esses traços são distintos daqueles que pude perceber em meu pai, vindo de uma cidade cosmopolita como era Odessa naquela época. Diferenças que poderiam parecer óbvias, mas que só ficarão claras na medida em que eu possa aprofundar o conhecimento da trajetória seguida por meus avós paternos, num percurso que poderá me ajudar na tentativa de aclarar aspectos de minha personalidade e descobrir ou redescobrir a infância do meu pai, Emmatchka.

Confesso que sempre tive dificuldades para compreender a geopolítica da Europa daquela época, diante dos sucessivos conflitos havidos em diferentes períodos históricos. Hoje, podemos identificar melhor o que é a Ucrânia, Moldávia, Polônia, Rússia, Bielorrússia, Áustria, Hungria e Alemanha. Mas não foi sempre assim. Ora a região pertencia ao Império Russo, ora ao Império

---

da sobrevivência, bem como uma forma de resistência" (FIGUEIREDO, 2015, apud, BABEL, p. 9).

2 Jabotinsky nasceu em Odessa em 1880. Sua novela *The five* trata de aspectos da vida em uma família judia de classe média alta no início do século XX.

Turco-Otomano, ou, ainda, ao Império Austro-Húngaro. Invasores aventureiros e líderes de passagem também desejaram tomar posse das terras e torná-las independentes.

No passado longínquo, as regiões a que me refiro haviam sido habitadas por tribos celtas, trácios, cimérios, gregos, romanos e germanos. Na Idade Média, conhecida como "período negro" da Europa ou "Idade das Migrações", viveram nessa região godos, unos, magiares, búlgaros, mongóis. Entre os séculos XIV e XV, ocorreram inúmeras batalhas entre otomanos, tártaros, húngaros e poloneses e, mais tarde, nos séculos XVIII e XIX, o Império Russo guerreou várias vezes com o Império Austríaco e o Otomano pela disputa da região próxima do rio Dniester. Também no século XVIII os genoveses ocuparam a região. Após a guerra russo-turca, terminada em 1812, foi assinado o Tratado de Bucareste, por meio do qual o Império Russo passava a ocupar a região entre os rios Dniester e Pruth. Com a invasão pelos germanos e búlgaros, a tranquilidade durou pouco na região que passou a ser chamada de Bessarábia, hoje Moldávia.

Ao Tratado Russo-Turco, concluído em 1829, seguiu-se outra guerra, a da Crimeia, em 1856. Nova guerra russo-turca em 1878. Pouco tempo depois, a Romênia luta por sua independência e leva como compensação parte da Bessarábia.

Como se tudo isso não bastasse, surgiram os *pogroms*, reveladores de profundo antissemitismo, que impuseram severas restrições ao ir e vir dos judeus, seus direitos e práticas religiosas. Imagino que a confusão geopolítica não tenha ficado somente em minha cabeça, mas na mente desses povos e, consequentemente, na dos meus antepassados.

Entretanto, o denominador comum que une esses diferentes judeus está no fato de que ser ou sentir-se judeu implicava seguir a Torah, seus ritos e tradições, e, em contrapartida, viver sob o terror real e imaginário das ameaças, preconceitos, racismos geradores de um medo endógeno e epidêmico – fatores esses agravados por períodos de fome, miséria e precariedade nas condições sanitárias e de sobrevivência.

Tais circunstâncias ampliaram minha curiosidade e ansiedade na tentativa de entender características da infância de meu pai, que mal conheço, a não ser por meio de fatos dispersos, repletos de lacunas silenciosas, segredos disfarçados e outras interrogativas que se articulam com minhas fantasias e os enigmas escondidos nas criptas do meu eu. Segredos represados em mim ou transmitidos de geração em geração, associados a valores construtivos, destrutivos e criativos de minha personalidade que me levaram a vários questionamentos. Por que tive uma infância com tanto pânico, tanta violência? Algum distúrbio interno? Incorporação involuntária de situações familiares e outras jamais vividas por mim, mas que, de alguma forma, tornaram-se presentes como fruto do relacionamento familiar? Seria uma forma de transmissão entre gerações?

Hoje, permito-me suspeitar da presença ausente em minha memória profunda, inconsciente, de um passado doloroso e aterrador. Episódios que não poderiam ser lembrados, falados, mas que permaneceram vivos como nuvens negras que se aglutinavam em determinadas situações, capazes de gerar tempestades íntimas.

Chagall transformava seu mundo em imagens aparentemente ilógicas, cujos significados ele mesmo não sabia explicar. Retratava estados de espírito, vivências armazenadas ao longo da vida – em especial, durante sua infância e juventude. Em *Ma vie*, escrito em 1922, quando contava 35 anos de idade, Chagall escreve da mesma forma como pinta, um fluxo associativo de ideias, num vaivém pleno de cores afetivas, criativas e sinceras do seu cotidiano.

Mojša Zacharavič Šahałaŭ – ou Marc Chagall – nasceu em 7 de julho de 1887 em Vitebsk, distante 1.065 km de Odessa, na

Ucrânia, que à época pertencia ao Império Russo. Ele representa uma modalidade de ser judeu que eu diria próxima àquelas que posso identificar na família de minha mãe, proveniente de Edinet (Yedenitz), na Moldávia. Porém, os traços educacionais de meu pai, seu comportamento e cultura eram diferentes, longe das tradições e costumes judaicos, a ponto de eu me indagar: Odessa seria um *schteitl*? Era meu pai judeu, apesar de nada saber sobre judaísmo? Existiria judeu assimilado naquela época? Diante de tantas interrogações, minha ignorância prevalecia. A inércia, contudo, começava a ser quebrada.

Chagall veio ao mundo em uma pequena casinha de madeira próxima de uma estrada e de uma prisão. Uma moradia com telhados baixos, como todas na cidade. Havia, no quintal, galinhas e outros animais. Da casa se podia ver as torres das igrejas, o rio, as pontes que compunham o cenário de um vilarejo rural do Leste Europeu. A mãe contara-lhe que seu nascimento se dera durante um incêndio que atingiu o bairro pobre onde moravam os judeus. Correram com o bebê de um lado para outro à procura de um lugar seguro. Ele faz piada ao dizer ter sido um natimorto, mas gostaria que os psicólogos não tirassem conclusões a partir daí. Ao retornar ao local, viu que a casinha estava intacta e se questionou como seria possível respirar em um ambiente tão pequeno. Após a morte do avô materno, seu pai resolveu vendê-la para ganhar algum dinheiro e comprar outra maior e em local melhor.

Muitos vinham à sua casa, judeus ricos e pobres, jovens e velhos, como forma de ocupar o tempo. Nos fins de semana, ia-se à sinagoga; no verão, banhava-se no rio. Recorda imagens da infância, como o céu e as estrelas. Descreve a maneira como elas o acompanhavam até a escola e o aguardavam no retorno à casa, algo cheio de vida. Com o passar do tempo, porém, abandonou--as. Sua cidade era triste e alegre, mas o prazer que sentia ao comer cenouras no telhado da casa com seu avô, observando o panorama da cidade, era insubstituível. Conclui: *Esse era um bom motivo para um quadro!*[3]

A linguagem de Chagall é recheada de metáforas, de cenas imaginárias, românticas e nostálgicas. Seus quadros dessa época reproduzem figuras humanas de pele cor de ocre, de barba por fazer, olhos profundos, testa enrugada, rosto cheio de pregas e vincos.

Este é meu pai, diz Chagall, e compara a imagem com figuras que vê na *Hagadá*, livro que narra a saída dos judeus escravizados no Egito, a história da Pessach, a travessia. Na capa, há a imagem de um velho que o inspira a fazer um estudo da imagem do pai, resultando em um quadro cujo efeito era o de uma vela que se acende e que se apaga ao mesmo tempo. Ele comenta: *Seu odor, aquele do sono. Bastava uma mosca para fazê-lo adormecer.*

E se pergunta:

> *Preciso falar do meu pai? Que vale um homem se ele não vale nada? Se ele não tem estima por si mesmo, sendo, por isso, difícil conseguir encontrar palavras justas. Meu avô, preceptor religioso, não tinha imaginado nada de melhor que colocar seu filho primogênito, desde sua infância, como balconista de um depósito de arenque e seu filho caçula como aprendiz em uma barbearia. Na verdade, ele não era balconista, mas, por 32 anos, foi um simples trabalhador. Lembra do pai carregando tonéis pesados e enfiando as mãos geladas para mexer os arenques, observado pelo patrão, postado como um animal empalhado. As roupas dele brilhavam a salmoura de arenque. Ocasionalmente, meu pai sorria. Que sorriso? De onde vinha? Às vezes, seus*

[3] Os trechos em itálico, neste capítulo, se referem às transcrições realizadas a partir do livro *Ma vie*, de Marc Chagall. A tradução é minha.

> *sorrisos mostravam os dentes, que me faziam lembrar aqueles dos gatos, das vacas, dentes quaisquer. Tudo nele me parecia um enigma e tristeza. Imagem inacessível. Sempre fatigado, preocupado. Ele só tinha um olhar de expressão doce, de um azul acinzentado. Suas roupas eram engorduradas e sujas pelo trabalho, com grandes bolsos de onde saia um lenço vermelho suave. Entrava em casa alto e magro, e a noite entrava com ele. De seus bolsos ele tirava um monte de doces e de peras geladas. Com sua mão enrugada e loira ele os distribuía para as crianças. As balas se movimentavam nas bocas com mais sabor e transparência do que se tivessem vindo de um prato da mesa. Uma noite sem balas e sem peras tiradas do bolso era uma noite triste para nós. Ele só era familiar para mim, esse coração de pessoa, poético e maçante de silêncio. Sempre me dava 20 rublos todo fim de ano. Com as gorjetas dos clientes ele aumentava sofridamente suas doações. De qualquer forma, não foi um jovem pobre.*[4]

De forma lúdica, resolvi correlacionar aspectos da minha infância com a do pintor e com meu pai. Tempos difíceis, término da Segunda Grande Guerra, meu pai trabalhava muito. Passava o dia fora de casa como funcionário da Companhia Telefônica Brasileira (CTB) e, à noite, se fechava em um quartinho, nos fundos da casa, um pequeno sobrado geminado, colocava um avental e punha-se a montar ou a consertar aparelhos de rádio, TV e toca-discos. Nos finais de semana e em algumas noites, saía para instalar aparelhos e dar assistência em domicílio. No início da adolescência pude acompanhá-lo algumas vezes e senti orgulho em poder carregar sua mala de trabalho, cheia de ferramentas, ferro de soldar, peças

---

[4] CHAGALL, M., *Ma vie*. Paris: Éditions Stock, 2013, p. 14.

sobressalentes, para, finalmente, ver o cliente satisfeito pelo aparelho voltar a funcionar. Meu irmão já o ajudava na instalação de antenas de TV. Ele subia nos telhados das casas e ajudava-o a direcionar a antena até alcançar a posição correta. Eu sentia inveja e admiração. Advertia-me para tomar cuidado, não falar ou ir brincar em outro lugar, mas eu queria ficar apenas ao seu lado para descobri-lo. Suas feições não eram de um homem bravo, mas de alguém que estava sempre preocupado, tenso, com coisas para resolver.

Chagall fala da fisionomia de seu avô barbudo:

> *Não sei por quanto tempo ele [meu avô] ensinou seus alunos. Dizem que ele era um homem respeitável. Visitando o cemitério, sua tumba com minha avó, e observando seu túmulo, um monumento de pedra, convenci-me de que ele era um homem honorável, de respeito, um santo. Ele repousa próximo ao rio, próximo da cerca escura onde corre a água turbulenta. Descreve o túmulo há longo tempo bem conservado, onde se lê: "Aqui repousa...". Minha avó indicava com o dedo: eis a tumba do teu avô, pai de teu pai e meu primeiro marido. Sem chorar, de seus lábios saíam palavras sussurradas, preces. Eu a escutava se lamentar, inclinando-se sobre o monumento como se essa pedra e essa colina fossem meu avô; como se ela se dirigisse às profundezas da terra ou como se fosse um armário qualquer, em que repousava um objeto, fechado para sempre.*[5]

Vejo meu avô David, pai de minha mãe, de quem levo o nome e que jamais conheci. Aliás, levo o nome dos dois avós, pois há um Léo no meu nome, cuja origem remete a Ilya, pai do meu pai.

---

[5] CHAGALL, op. cit., p. 17.

Via meu avô David barbudo presente em cada móvel, em cada atitude na casa de minha avó Tereza. Era um velho sisudo, de olhar profundo, preocupado em corresponder a Deus, figura que se equipararia à descrita por Chagall e retratada na imagem do velho rabino de *tefilin* e *tallit*, na tela *O rabino de Vitebsk*, de 1914. Religiosidade replicada por meu tio Manoel, primogênito, alfaiate e herdeiro do trono, preservador das tradições controladas com mão de ferro pela avó Tereza. Titio não podia falhar, nem pular qualquer trecho para abreviar a reza, pois era prontamente advertido por ela.

A fábrica de *matzah*, iniciada por meu avô no fundo do quintal, era um símbolo da tradição, supervisionada pela avó. Talvez fosse uma das primeiras fábricas de *matzah* em São Paulo, composta de uma esteira rolante na qual a massa formada de farinha e água era prensada para formar uma bolacha quadrada, com centenas de furinhos, que corria na direção de um forno a lenha. Um senhor de uniforme branco, todo manchado, colocava com uma grande pá de madeira o produto para assar. Os sacos de farinha ficavam encostados junto à parede sobre tábuas improvisadas. Vez por outra, via-se correr uma ratazana à procura de comida. Apesar das distâncias no tempo e no espaço geográfico, muitos aspectos da vida de Chagall se assemelhavam ou tinham ressonâncias equivalentes às cenas vividas por mim nesse casarão estreito e comprido da rua Prates, 608, no bairro do Bom Retiro.

Em outro trecho, Chagall, junto ao túmulo do avô, ouve de sua mãe:

> *"Eu te suplico, David, reze por nós. Eis aqui tua Bachewa. Reze por teu filho doente Chaty, pelo teu fraco Zoussy, pelas crianças deles. Reze para que eles sejam homens honestos em relação a Deus e ao mundo." Minha avó me era mais familiar. Ela usava um xale na cabeça, uma saia, era uma figura cheia de rugas.*

> *Baixinha. O coração devotado às suas crianças e ao seu livro de rezas. Ao se tornar viúva, ela se casou com a aprovação do rabino, meu segundo avô, pai de minha mãe, viúvo ele também. Esse casal morreu após um ano de casados. Minha mãe ocupou o trono. Sempre sinto meu coração se fechando no dia de sua morte, ao visitar seu túmulo: "Eu te vejo, mamãe, como se avançasse lentamente em minha direção. Tão lentamente que eu desejo te ajudar. Você sorri do meu sorriso. Ah! Esse sorriso, o meu".*[6]

O clima diante da morte descrito por Chagall me é familiar. Eu o identifico em minha mãe, que, apesar das dúvidas quanto a crer em Deus, carregava profunda religiosidade. Lembro do sorriso dela, sedutor e alegre, envolvente, dramático em certos momentos, como no dia da morte do seu irmão Manoel. Ela entrou em crise de desespero, batia-se, arrancava a roupa do corpo, puxava os próprios cabelos, soluçava em prantos sem fim. Talvez tivesse revivido na perda do irmão, eixo da família, a perda do pai durante a infância. O fim inesperado e súbito era previsível para um fumante, cardíaco, com a vida emocional conturbada por problemas de doenças na família, dificuldades econômicas e outras de sua vida privada. A dor enlouquecida pareceu-me desproporcional e desvinculada daquele momento, ao se bater no peito e gritar a Deus "por quê?". O clima do *schteitl* estava presente, surreal, de lenço cobrindo a cabeça, o pranto, o inalcançável... uma ameaça infinita?

Chagall conta de sua mãe:

> [...] *quando ela se aproximou da cerca e dos animais. O pároco veio em minha direção, fez o sinal da cruz*

---

[6] CHAGALL, op. cit., p. 17.

sobre mim. Ele esfregou as costas de sua mão. Os porcos e os cachorros correm ao seu encontro... Minha mãe é a primogênita de meu avô, que metade de sua vida descansou sobre o fogão, um quarto na sinagoga e o resto no açougue. Ele descansava tanto que a avó não aguentou e morreu na flor da idade. Meu avô começou a tomar iniciativas, assim as vacas e os bezerros se mexeram. Seria minha mãe de estatura tão pequena? Meu pai se casou com ela sem vê-la. Isso é um erro. A nossos olhos, a mãe tinha uma expressão rara, ainda que isso fosse possível nos arredores. Não quero falar coisas boas dela, muito boas, ela já não está mais aqui, mas às vezes tenho vontade de soluçar. No cemitério, me transformo e, rapidamente, como uma sombra aérea, começo a verter lágrimas. Vejo o rio se distanciar, a ponte e a cerca se distanciam, a terra, a tumba. Essa é minha alma. Procure-me por aí, esses são meus quadros, meu nascimento. Tristeza, tristeza. Veja seu retrato. É igual. Não sou eu mesmo quem está lá? Quem sou eu? Você vai se surpreender, vai rir, homem passageiro, transitório e efêmero. Lago de sofrimentos, cabelos acinzentados precocemente, olhos – uma cidade de lágrimas, alma que quase não existe, cérebro inexistente. O que é isso. Eu a vejo governar toda a casa, dirigir meu pai, construir sem cessar pequenas casas, fundar uma mercearia, e trazer todo um veículo carregado de compras, sem dinheiro, a crédito. Com que palavras, como mostrá-la sorridente, diante da porta ou à mesa, atendendo um vizinho qualquer para poder em sua angústia liberar seu espírito?

À noite, quando a loja já estava fechada e as crianças já recolhidas, papai se sentava à mesa, a lâmpada

> *descansava e as cadeiras se chateavam; de fora nada mais se sabia sobre onde estava o céu, onde estava a natureza, não que se fizesse silêncio, mas, simplesmente, tudo ficava inativo. Mamãe ficava sentada diante do forno, a mão sobre a mesa e a outra sobre o ventre. Sua cabeça se voltava para o alto, lá onde estava sua peruca, presa por um alfinete. Ela batia um dedo sobre a mesa, coberta de uma toalha engordurada, batia inúmeras vezes, o que significava: todo mundo dorme. Não tenho com quem conversar. Ela gostava de conversar. Ela tinha habilidade com as palavras, fazia o interlocutor sorrir, embaraçado. Em posição de rainha, ela interrogava, comentava, mas não havia ninguém. De longe, eu sozinho a acompanhava. Ela me pedia. Meu filho, fale comigo. Eu sou um menino, ela uma rainha. O que falar com ela? Ela batia os dedos ainda mais. A casa estava envolvida em uma tristeza.*[7]

Não posso dizer que em minha casa fosse assim, mas na infância poucos foram os momentos de encontro para se conversar. Minha mãe era a rainha, coordenava e controlava tudo. A narrativa era sobre o que se podia e o que não se podia fazer. O sentido de dever, de compromisso e de obrigação estava sempre presente. Talvez os dias fossem todos iguais. A religiosidade estava presente nas ações, mas os ritos ficavam restritos aos dias festivos, às grandes festas e a alguns fins de semana, quando ia com ela ao bairro do Bom Retiro visitar minha avó.

A descrição da casa de Chagall me fez pensar na casa de minha mãe em Edinet, pequena, de madeira, construída sobre pilares, elevada do chão de terra, na rua do Correio. Caminho largo o

---

[7] CHAGALL, op. cit., p. 19-24.

suficiente para dar passagem às charretes, carros de boi, cabrioles e carruagens. Uma pequena escada de três degraus dava acesso à porta de entrada, na sala, seguida da cozinha com fogão a lenha, dois quartos com janelas. O clima descrito por Chagall eu o respirava na casa de minha avó materna, no bairro do Bom Retiro, ou na casa onde nasci, na alameda Campinas, 1039, um sobradinho geminado. Por um pequeno jardim na entrada, chegava-se à escada que dava acesso ao corredor. À direita ficava a sala de visitas, dividida da sala de jantar por uma escada que serviu, por um tempo, de abrigo para uma gata e seus gatinhos. Por sinal, eu gostava de tirar os gatinhos da caixa de papelão para brincar com eles, apesar da reação de irritação da gata-mãe. Um dia, nos meus 5 anos, coloquei um dos gatinhos sobre a pia da cozinha, que vinha logo após a sala de jantar. Apesar dos avisos da gata-mãe e de minha mãe para deixá-los onde eles estavam, eu as desobedecia. Enquanto eu brincava com o bebê gato colocado na bancada da pia, ela simplesmente pulou no granito e, de lá, alcançou a minha nuca com mordidas. Foram dez aplicações de vacina antirrábica em minha barriga, realizadas no Instituto Pasteur, na avenida Paulista. Levei uma grande bronca da grande gata, minha mãe. Meus pais resolveram colocar a família de felinos em um saco e deixá-los em outra região, distante de casa.

Diz Chagall:

> *Em casa, às sextas-feiras, após o jantar de* shabat, *infalivelmente, meu pai adormecia, sempre com a prece inacabada e eu de joelhos diante dele. Os olhos de minha mãe se entristeciam, e ela dizia para os oito filhos: "Crianças, cantem a canção do rabino. Ajudem-me a cantar". As crianças cantavam e adormeciam. Ela começava a chorar, e eu dizia: "Se você começar a chorar, eu não cantarei mais". Era nela, em algum lugar, que*

> *se escondia meu talento. Era por ela que tudo me era transmitido, menos seu espírito.*[8]

Em casa, não fazíamos *shabat*. Porém, era tradicional a figura de minha mãe em pé, na hora das refeições, disponível para servir a todos. Ela ficava rondando a mesa, observando o que cada um tinha em seu prato, para pôr um pouco mais de comida. Tudo estava à mesa para cada um se servir, mas ela permanecia lá, em pé, vigilante. Era uma função. Talvez, mais do que isso, uma condição feminina, vinda da cultura do *schteitl*, vivida por ela com grande prazer e maestria, mas incompreensível para mim naquela época. Só pude compreendê-la após ver o filme *Yentel*, com Barbra Streisand, no qual a mãe tinha esse mesmo comportamento durante as refeições, função serviçal e controladora que eu interpretava como expressão da não integração ao grupo. Na realidade, na cultura da época, aquela era a função da matriarca.

Chagall comenta:

> *Mais tarde, na adolescência, ela se aproxima do quarto dele, no quintal. Bate na porta e pergunta: Você quer comer? Meu filho, você está aí? O que você está fazendo? Bela está com você? Você quer comer?* [9]

Algo equivalente ocorria em minha casa, onde o comer era a porta de entrada para romper qualquer privacidade adolescente. Trancar a porta do quarto ou do banheiro, jamais. Quando, no início da adolescência, fui conhecer mais de perto a mocinha que trabalhava em casa, meu pai me surpreendeu com a pergunta:

— O que você está fazendo aí?

---

[8] CHAGALL, op. cit., p. 22.

[9] Ibid., p. 23.

Ah! Pai!

Chagall pede a opinião da mãe:

> *"Olhe, mamãe, isto te agrada?"*
>
> *Ela observa minha pintura com olhos que só Deus sabe quais. Eu aguardo seu veredito. Ela o pronuncia lentamente: "Sim, meu filho, eu percebo o seu talento. Mas, meu filho, escute-me. Talvez você seja um balconista. Tenho pena de você. Faz mal para tuas costas. De onde vem isso? Como surgem essas ideias?".*

Em minha casa, a palavra "mas" estava sempre presente diante de qualquer observação, contribuindo para fragilizar uma opinião. Outros poderiam dizer que era para enriquecê-la. É um atributo que incorporei como um gerador de dúvidas, de ambivalências, um desmancha-prazeres travestido do desejo de aprofundamento das questões e do pensamento. Característica que irritava a mim e aos demais pelo prazer em contrariar.

Chagall conclui que a mãe e a avó morreram de tanto trabalhar, enquanto o avô passava seus dias na sinagoga ou ao lado do forno, para se aquecer.

Em minha casa, minha mãe estava sempre ao lado do fogão. Era na cozinha que sua arte se exprimia. Eu a olhava admirado, abrindo a massa fininha para fazer *qnichiclech* ou *applestrudel.* Tinha uma habilidade extraordinária, fazendo a massa rodar no ar até alcançar a espessura de uma folha de papel. O ato de comer era essencial, um ritual mais do que vital; uma expressão de amor, um amor avaliado pela boca, isto é, pela quantidade de comida ingerida. E ela cozinhava muito bem. Preparava o *grivale,* uma fritada de gordura de galinha com cebola e alho para se comer com pão. Divino. E o *miltz,* baço bovino recheado com farinha e gordura de galinha e assado no forno. Quitutes do *schteitl* que ela sabia fazer muito bem. Apesar de se trabalhar muito e de se ter tudo que era necessário, com muita economia e esforço, havia um sentimento de insatisfação, em que o alcançado era tido como normal, esperado, previsível. O bom, porém, estaria mais além. Quando, na escola, eu tirava a nota 9,5, logo vinha o comentário:

— E por que não tirou 10?

Mas eu gostava de estar com ela em casa, apesar das brigas, não só comigo, mas com suas irmãs e com meu pai. Havia um clima de frustração, certa tristeza ou insatisfação, vividas como fracasso ou insuficiência, confronto entre sonho e realidade, elementos de um mundo subjetivo difícil de se caracterizar.

Diz Chagall:

> *Como eu gostava quando estava em Lyozno, na sua casa, sentindo a pele da vaca curtida. Eu amava suas ovelhas. O guarda-roupa estava próximo da entrada, e o porta-casacos, com as roupas, chapéus, chicote e o resto, formava uma silhueta sobre um fundo cinza de um muro, que jamais examinei de forma suficiente. Tudo isso era meu avô. No seu estábulo há uma vaca barriguda em pé e que olha obstinadamente. Meu avô se aproxima dela e diz assim: "Me dê suas pernas, preciso amarrá-las; temos necessidade de vendê-la, a carne, você me entende".*
>
> *Ela cai com um suspiro. Eu estendo meus braços para abraçar seu focinho, para lhe dizer algumas palavras, para ela se acalmar, eu não quero comer a carne.*[10]

Chagall me faz lembrar das vezes em que briguei com minha mãe, entre os 6 e 8 anos de idade, inconformado com o destino dado

---

[10] CHAGALL, op. cit., p. 26.

às carpas vivas, deixadas por dois a três dias nadando na única banheira da casa. Eu as alimentava até o dia determinado para o sacrifício, quando minha mãe faria o *gefilte fish* para a festa de Pessach ou a comemoração do Rosh Hashaná, o ano-novo judaico. Criava-se um apego aos animais e uma revolta pelo destino determinado, transformá-los com a machadinha em bolinhos de peixe adocicado que seriam comidos com *chrem*, raiz-forte, beterraba, açúcar e vinagre, que eu adorava. Sentimentos confusos, contraditórios entre vida e morte vinham à minha mente. O que eu podia fazer?

Clima equivalente narra o pintor:

> *A vaca ouve o barulho do centeio e vê o céu azul. Mas o açougueiro, de branco e preto, a faca na mão, arregaça as mangas. Escuto a prece, ele se dirige ao pescoço dela e enfia o aço em sua garganta. O sangue jorra. Impassíveis, os cachorros, as galinhas ao redor esperam um pouco de sangue, um pedaço que, por acaso, caia no chão. Escuta-se o sorriso, a excitação e os suspiros de meu avô, entre as gorduras e o sangue. Observando a vaquinha desnuda e crucificada indo para os céus, nos sonhos, diz: "A faca resplandecente a elevou nos ares".*
>
> *Silêncio. Os intestinos se torcem e os pedaços se separam. A pele cai. Que trabalho esse! Eu tenho vontade de comer essa carne. Assim, todos os dias, matavam-se duas ou três vacas, e a carne fresca se oferecia ao proprietário da terra e aos outros habitantes. Degolavam-se as vacas cruelmente. Eu perdoava tudo. As peles secavam de forma santa, fazendo preces ternas, rezando ao céu profundo pela expiação dos pecados de seus matadores.*[11]

[11] CHAGALL, op. cit., p. 26-27.

Em casa, durante minha infância e início da adolescência na rua José Maria Lisboa, o sangue jorrava às quintas-feiras, véspera do *shabat*, dia em que o *shoihet*, o religioso autorizado pelo rabino a sacrificar os animais dentro do ritual judaico, vinha para matar as galinhas. O pescoço delas era cortado no ponto exato para causar o menor sofrimento possível, e o corte executado com faca especialmente afiada, junto de uma reza entoada para acompanhar a alma do animal, que se dirigia para os céus. A ave era colocada dentro de uma lata listrada de amarelo e preto de azeite Salada, onde o sangue fluía. Eis que, súbito, o animal sem cabeça saía esvoaçando pelo quintal, um longo corredor, espalhando sangue por todos os lados. Imagem tétrica que tiraria o meu sono em noite de pesadelos.

Prossegue Chagall:

> *A casa de meu avô era preenchida por mim de sons e de odores da arte. Somente as peles suspensas, secando como roupas. Na obscuridade da noite, parecia-me que não eram apenas os odores, mas um conjunto de alegria, perfurando os tetos, voando no espaço.*[12]

Um dia, Chagall depara com o desenho de uma mulher nua, como se aquilo não olhasse para ele, ou fosse uma estrela estranha sobre a praça do mercado, a respeito da qual os habitantes nada podiam fazer. E pensa:

> *Aí compreendi que meus avós e todos os meus parentes negligenciavam completamente minha arte e estimavam muito a carne. A mãe havia contado para ele que, um dia, na festa de Simcha-Torah, procuraram pelo avô em toda parte. Ele havia subido no telhado. Estava lá, sentado, comendo, se deliciando com cenouras.*

---

[12] CHAGALL, op. cit., p. 27.

> *Não sei se sonhei, mas nada mal como um quadro. Pouco me importa se as pessoas, com alegria e descontração, descobrem, nessas aventuras inocentes, algo sobre meus pais e o enigma de meus quadros. Isso pouco me interessa.*[13]

Distante das críticas que os outros poderiam fazer, ele conjectura:

> *Se minha arte não desperta nenhum papel na vida de meus pais, em contrapartida, a vida deles e suas criações influenciaram minha arte... Eu me embriago junto de meu avô na sinagoga... Junto à janela, o livro de rezas na mão, contemplo confortavelmente a vista das redondezas, o dia de* shabat... *Envolvido pelas preces, o céu me parecia mais azul. No espaço, as casas repousam. Cada transeunte aparece claramente... começam as rezas, e meu avô é convidado a vir ao altar. Ele reza, ele canta, ele se repete melodicamente e retorna ao começo. Como se um moinho a óleo girasse em meu coração. Ou como se um novo mel, recém-recolhido, corresse profundamente em mim. E, se ele chora, eu me lembro do meu desenho perdido, e penso: "Serei eu um grande artista?".*[14]

Pergunta que me fiz várias vezes, quando pretendi enveredar pelas artes:

— O quê? Você, um artista? Ficou louco? Vai viver do quê? Não fica bem para um estudante de medicina ser um artista.

---

[13] CHAGALL, op. cit., p. 28.

[14] Ibid., p. 29-30.

Naquela ocasião, eu me dedicava ao teatro na Congregação Israelita Paulista (CIP). Pude realizar várias peças, com um desempenho razoável para a época. Estímulo que me levou a procurar a escola de teatro de Júlio Gouveia e Tatiana Belinky. Encenei algumas vezes na TV Tupi, no programa Teatro da Juventude, aos domingos, e na novela das seis. Fui desestimulado. Ouvi de minha mãe:

— Deixe-me colocar o pão no forno; pare de me incomodar.

Talvez não vissem em mim um grande talento. Com Chagall, porém, foi diferente, embora a mãe tenha tentado dissuadi-lo da ideia de pintar. No final, mãe e filho fazem um acordo:

> *"Vamos à casa do senhor Pènne para avaliar o seu trabalho. Se ele achar que você tem talento, vamos pensar."*[15]

Chagall pensa consigo mesmo:

> *"Eu serei pintor, nem que seja por minha própria conta."*[16]

Não foi esse o meu caso. Acabei desistindo. Quem sabe, agora, me redescubro nesta escrita!

As cenas que Chagall descreve de sua vida familiar, do vilarejo, da sinagoga, dos barris de arenque, me são familiares, e até posso sentir o odor do pepino azedo, do creme de leite e do pão de centeio, do pão preto saindo do forno quentinho, comprado na padaria da esquina, no bairro do Bom Retiro, para saborear com manteiga, geleia e chá preto quente e forte. Ou do *cache*, trigo-sarraceno cozido e misturado com leite ou com carne de

[15] CHAGALL, op. cit., p. 82.

[16] Ibid., p. 82.

panela e molho. Tudo isso me é familiar. As balas que minha avó mantinha escondidas, e depois minha mãe, sempre prontas para serem distribuídas às crianças da família. Eu era o caçulinha, posto que compartilhava com meu primo, filho do tio Manoel, David, portador de síndrome de Down, pessoa extremamente sensível e carinhosa.

Chagall, ao descrever sua tia Relly, leva-me a pensar em minha avó Tereza, deitada no sofá, as mãos amareladas dobradas e cruzadas, unhas negras e brancas, olhos brancos e amarelos, pele enrugada, baixinha, de olhar poderoso e profundo, vestida de preto. A roupa deixa adivinhar o corpo esticado e exausto, os peitos e o ventre caídos. Quando veio morar ao lado de nossa casa, já bastante idosa, via-a de cabelos revoltos, presos com grampos, formando um coque sobre a cabeça, sentada na cozinha ou deitada no sofá, à espreita da morte.

Havia ainda a casa de minha tia Sure, outra irmã de minha mãe, casada com Haim. Eram pais da Lieke (Elisa) e do Max. Meus tios viviam como em um *schteitl*, também no bairro judaico do Bom Retiro. Era uma mistura de fábrica de móveis de vime e moradia, em cujo quintal havia gatos, cachorros, galinhas e pombas que entravam e saíam da casa, um pequeno sobrado. Meu fascínio era ver Haim caçando as pombinhas: primeiro ele jogava sal no rabo delas, e depois as pegava. Mágica ou realidade? Até hoje, não sei, mas eu transbordava de alegria com as pombas nas mãos. Depois, elas iam parar no caldeirão.

Hoje, penso que Edinet poderia se assemelhar a Vitebsk, clima presente no Bom Retiro, onde o espírito familiar do *schteitl* se reproduzia. Mas, em Odessa, haveria esse clima nostálgico do *schteitl*? De onde veio meu pai? Como era o lugar onde ele viveu? Eram ricos ou pobres? Vieram de um vilarejo ou de cidade grande? Quem eram meus avós paternos? Por que saíram do país de origem e como vieram parar no Brasil? Indagações sem respostas. Perguntas que nem eu, nem meu irmão tínhamos feito a ele. Tampouco lembro de ele ter compartilhado comigo seu passado. Este último nunca fora assunto de nenhuma conversa entre meu irmão e meu pai. Olhando para trás, suspeito que a infância de meu pai e o clima social de Odessa eram distintos daqueles do vilarejo de origem de minha mãe e da aldeia onde Chagall viveu até o início de sua juventude.

Digo tudo isso para concluir que as descrições de Chagall sobre Vitebsk contêm algo familiar, algo vivido na casa de minha avó materna, nas casas dos meus parentes no Bom Retiro, que se assemelhavam à casa deles em Edinet, onde minha mãe nasceu e passou a infância até os 11 anos de idade. Deixaram a Europa devido à falta de perspectivas para se prosseguir a vida. A miséria, a falta de oportunidades de trabalho, a fome e as restrições impostas aos judeus, os *pogroms* e o antissemitismo levaram meus avós, Tuba e David Maiberg, a tomarem a difícil decisão de se mudar para o Brasil com seis filhos. Desembarcaram no Rio de Janeiro em dezembro de 1923.

CAPÍTULO 3

Migrações

O que se passou na Europa Central, em especial no Império Russo, no final do século XIX e início do século XX? Um período conturbado pela fome, miséria, desemprego, *pogroms*, e por lutas políticas que culminaram na Primeira Guerra Mundial. À queda da monarquia russa seguiram-se a revolução e os embates entre brancos e vermelhos, dando início ao movimento bolchevique, que antecedeu o comunismo.

Encontrei, recentemente, um estudo publicado na França, em 2015, escrito por Martin Pollack, sobre o grande êxodo de emigrantes da Galícia para as Américas. Entre 1880 e 1900, houve um formidável fluxo migratório, especialmente para os Estados Unidos, mas também para a Argentina, Brasil e países da América Central.

Pollack se pergunta como gente simples, saída de zonas rurais, analfabeta, moradora de pequenas aldeias, teve acesso a essa oportunidade de viajar para o outro lado do mundo. Ele mesmo responde: houve um trabalho de recrutamento, realizado com o apoio de gente das regiões envolvidas, na busca de oportunidades para viver no Novo Mundo. Surgiram crenças de que lá, no Novo Mundo, a vida seria fácil. Haveria oportunidades para se fazer riqueza, fator que ajudava na motivação para fugir da fome, da miséria, da falta de perspectivas, agravadas, no caso dos judeus, pelas más condições de vida, perseguições, episódios de hostilidade e morte a que eram submetidos com frequência.

A Galícia foi palco de muitas disputas entre diferentes povos e nações. Do final do século XIX até o término da Primeira Grande Guerra, em 1918, ela ocupava parte do Império Austro-Húngaro, e incluía regiões da Bielorrússia, Polônia e Ucrânia. A Europa Central vivia intensa miséria, fome e desemprego, males que atingiam tanto a população cristã como os judeus. Corrupção e procedimentos ilegais eram comuns na vida cotidiana.

Como já mencionei, os judeus, além da fome, enfrentavam *pogroms*, leis de exclusão que variavam de um lugar para outro, impondo restrições ao direito à propriedade da terra e às regiões onde podiam morar. Necessitavam de autorização da administração local para irem de uma cidade a outra, além de serem, frequentemente, hostilizados pela população cristã como responsáveis pela morte de Cristo, entre outros infortúnios da humanidade. Atribuíam-lhes um caráter detestável, mesquinho, interesseiro, usurário.

Em meio a esse clima político e socioeconômico dominado por preconceitos, surgiram companhias de navegação em massa e agentes que recrutavam pessoas interessadas em encontrar países com melhores condições de vida e perspectivas de um futuro mais próspero. Para deixar o país, uma autorização oficial era necessária. O agenciamento, em muitos lugares, era considerado ilegal e contava com a conivência de policiais, de autoridades locais, de traficantes de seres humanos.

A América era uma terra de futuro. Esse movimento de emigração parece ter-se iniciado com os eslovacos e depois se ampliado. Agentes recrutadores frequentavam igrejas e comunidades sensíveis, fragilizadas pela fome e pela falta de perspectivas de vida.

A emigração oficial custava caro, dependia de autorização, sofria o risco de ser impugnada e gerar penalidades severas para os candidatos e para quem a estimulasse. O processo era mais grave, principalmente, quando envolvia homens em idade produtiva e aptos para o serviço militar. Surgiram recrutamentos ilegais, casamentos de interesse, comércio de mulheres, mentiras e corrupções inúmeras.

Passaram a circular histórias sedutoras, segundo as quais os governos de países como Argentina e Brasil ofereciam lotes de terra e ajuda financeira para aqueles interessados em trabalhar na indústria, na extração de minérios ou na construção de estradas de ferro. Os principais portos de partida eram Hamburgo, na Alemanha, e o norte da França. As pessoas podiam ficar dias ou semanas acampadas nos portos à espera do primeiro navio que partisse, sem se importarem ou sem saberem para onde iriam, desde que fossem para as Américas.

Os Estados Unidos selecionavam os viajantes por quota. Evitavam os enfermos, indigentes, alienados, acusados de crimes, prostitutas, aliciadores de seres humanos, polígamos e pessoas que poderiam representar ônus para o Estado. Muitos chegavam ao porto apenas com uma maleta ou a roupa do corpo. Entre os aliciadores e traficantes de seres humanos havia judeus liderando as atividades.

Nos vilarejos onde viviam os judeus – os *schteitls* –, apesar da fome, da miséria e das perseguições, havia uma certa organização social proporcionada pela orientação religiosa. A autoridade local, atribuída ao rabino da localidade, era seguida por muitos, em especial por ocasião das comemorações festivas. Era dela que fluíam as normas alimentares, as maneiras de matar um animal para consumo, os ritos ligados ao nascimento, casamento e morte. Um conjunto de princípios que dava uma ordem à vida individual e coletiva do grupo social.

Paralelamente, com o crescimento das grandes cidades e capitais, houve a urbanização e a industrialização. Se, por um lado, trouxeram facilidades, por outro, aumentaram das dificuldades de vida. As perseguições aos judeus se diluíram no início do século XX. Paralelamente, houve um enfraquecimento dos elos integradores da vida nessas comunidades. A leitura da Torah, fonte integradora de muitas comunidades, deu lugar à literatura e aos jornais. A educação se modificou, e as escolas tornaram-se mais abertas. A população judaica empobreceu, e os valores tradicionais passaram a ser mais e mais questionados conforme aumentava a assimilação às culturas locais.

Tanto na Rússia como na Ucrânia, as consequências foram mais graves em relação às limitações ao trabalho. Aumentou o sentimento de insegurança e de desesperança. O terreno tornou-se favorável para a prostituição e o proxenetismo. Os aliciadores e frequentadores dos bordéis buscavam nos vilarejos, nos bairros miseráveis das grandes cidades, pessoas que oferecessem menor resistência às seduções e tentações, na esperança de encontrarem uma vida melhor. Os interessados se passavam por homens ricos à procura de uma jovem para se casar; aproximavam-se da escolhida, da família, e acabavam por sensibilizá-los ao envaidecer o grupo com a oportunidade de ascensão social. Ignorância e pobreza ajudavam nesse processo. O pretendente estimulava que o casamento ocorresse logo, pois estava com data marcada para viajar para o Brasil ou a Argentina. A viagem só aconteceria se a pretendente, por quem ele estava perdidamente apaixonado, o acompanhasse. Providenciava-se um casamento silencioso, na presença de um rabino e de duas testemunhas, sem a participação do cartório oficial.

Houve casos de pais que venderam suas filhas aos traficantes, na perspectiva - real ou ingênua - de ela poder vir a ter uma vida melhor. Além disso, o preço pago por uma jovem bonita era compensador. Ofertas disfarçadas apareciam nos jornais. O tráfico de brancas da Galícia e da Polônia, como as moças eram chamadas, encontrava receptadores no Brasil, entre eles judeus, os "cáftens", em alusão aos judeus religiosos que utilizavam longos casacos pretos, chamados de *caftans*. A propaganda antissemita utilizava desse tema para difamar os judeus.

Diante dessa situação dramática, em 1903, Berta Pappenheim, em companhia da economista russa Sara Rabinovitch, ambas financiadas pela coletividade judaica internacional, foram estudar a situação dessas mulheres pertencentes a comunidades judaicas pobres da Europa Central. Constataram a exploração de jovens judias que viviam em situação de penúria. Como conclusão, Berta e Sara publicaram um texto, *Da situação da população judaica da Galícia: impressões de viagem e propostas para melhorar a situação*, no qual denunciam como milhares de jovens estavam sendo exploradas e viviam em condições de escravidão. Elas integravam o tráfico de mulheres enviadas a cada ano para as Américas. As autoridades locais faziam vista grossa a esse tipo de comércio. Berta Pappenheim havia sido paciente de Freud - a Anna O. - de 1880 a 1882, caso que serviu de base para a publicação, em 1895, de seu *Estudo sobre a histeria.*[1]

O Brasil já havia libertado os escravos, mas o espírito escravagista continuava presente na cultura local. Essas mulheres eram seduzidas na perspectiva de encontrarem um lugar melhor para viver, um bom marido para casar, formar família e ganhar dinheiro. A atração pela perspectiva de virem trabalhar no Brasil, e de muitas se tornarem bailarinas, levou-as a um regime de escravidão.

---

1 POLLACK, M. *Empereur d'Amérique - Le grand exode de Galicie*. Lausanne: Les Editions Noir sur Blanc, 2015, p. 47.

Na Europa Central a situação social se agravava, a mortalidade infantil aumentava, mães solteiras e outras mães abandonavam ou entregavam seus filhos para outras mulheres amamentarem mediante pagamento. Muitas crianças indesejadas foram vendidas, abandonadas ou morreram de fome, frio e doenças.

A imigração ucraniana para o Brasil teve início com a vinda de oito famílias cristãs de Lviv, em 1891. Cerca de 5 mil famílias de agricultores vieram entre 1895 e 1896. Uma nova onda ocorreu entre 1908 e 1914. Instalaram-se no interior do Paraná, em Prudentópolis, e pertenciam, em sua grande maioria, à Igreja greco-católica e ortodoxa.

O aumento da emigração dos europeus para as Américas levou, em 1880, o barão e milionário judeu Maurice Hirsch, conhecido como o "Moisés das Américas", a fundar em Londres a Jewish Colonization Association (JCA). Um escritório foi aberto em Brody, cidade distante seiscentos quilômetros de Odessa, no intuito de ajudar os judeus a saírem da Rússia e da Galícia. Hirsch tentou negociar com o tsar a liberação dos judeus em troca de uma vultosa quantia em dinheiro, inicialmente aceita, mas depois rejeitada. Hirsch comprou terras na Argentina e no estado brasileiro do Rio Grande do Sul para formar colônias agrícolas. Seus projetos falharam. A população emigrante era de miseráveis, sem experiência em agricultura. Outras interferências contrárias ao seu projeto, como as ações de Theodor Hertzel, idealizador do novo Estado judeu, estavam em andamento. Hertzel buscava angariar recursos para comprar terras na Palestina, mas teve de enfrentar restrições impostas pelos turcos otomanos que controlavam a região. Hirsch intensificou sua atividade filantrópica após o assassinato do tsar Alexandre II, em março de 1881, crime possivelmente cometido pelos *narodniki*, braço terrorista do movimento socialista. No início dos anos 1900, a emigração para as Américas havia perdido seu caráter de excepcionalidade para ser um evento rotineiro.

Assumiu o governo seu filho, o tsar Nicolau II. A dinastia Romanov perdurou de 1613 a 1917, terminando com o assassinado deste último, de sua esposa, filhos e auxiliares, em julho de 1918 (FRISCHER, 2010).

Até este momento de minha investigação, as datas em que os Levitsky saíram de Odessa, o percurso trilhado e sua chegada ao Brasil eram desconhecidos. Foi preciso entrar em contato com documentos - poucos - existentes para se extraírem possíveis elementos vividos pela família a partir do casamento de Luba Kisluk e Ilya (Luís) Levitsky.

CAPÍTULO 4

Odessa, primavera/verão de 1905

A família de Chaim e Chana Kisluk e a dos Levitsky estão agitadas com os preparativos para o casamento de seus filhos, Luba Kisluk e Ilya Levitsky, a se realizar na sinagoga Brodsky. As mulheres da casa, familiares e amigos importaram tecidos, rendas, chapéus e sapatos de Paris. Muitas das joias utilizadas foram adquiridas em Antuérpia. Outras, em ouro, compradas ou herdadas da família ao longo dos tempos, eram originárias de Constantinopla. Os homens vestirão terno, colete, cartola, bengala trabalhada e relógio de bolso.

Um ambiente festivo antecede o dia da cerimônia, a ser realizada na Grande Sinagoga, a maior da região sul do Império Russo, construída com a colaboração financeira de judeus da cidade de Brody, em 1863. Os maiores *chazanin*, cantores litúrgicos, da Europa já haviam cantado nessa sinagoga, entusiasmados com a acústica formidável, o ambiente propício à reflexão e ao encontro do espiritual com o divino.

Pretende-se convidar para a cerimônia familiares e amigos, alguns da alta burguesia, aristocratas e comerciantes, incluindo nomes de ativistas da comunidade judaica, clientes da loja dos Kisluk ou da farmácia dos Levitsky. Por certo, muitos já compraram sombrinhas, bengalas, cigarreira fabricadas ou vendidas pelos Kisluk, ou mandaram aviar receitas médicas, pasta de dente, sabonete, cânfora na farmácia dos Levitsky. Parentes de Moldavanka e de alguns *schteitls*, vilarejos, da vizinhança de Odessa também estão na lista dos convidados, incluindo intelectuais do círculo de leitura, das atividades na sinagoga, dos grupos juvenis a que pertence o jovem casal. Políticos e líderes comunitários constam da lista de convidados, mas estão sujeitos a serem excluídos na segunda triagem: o poeta Simon Frug; o historiador Simon Dubnov; os escritores Moisés Lilienblum, Chaim Nachman Bialik, Mendele Mokher Seforim – precursor da literatura hebraica moderna; Joseph Trumpeldor, único oficial judeu comissionado no exército russo; Meir Dizengoff e Vladimir Jabotinsky.

O clima político no Império Russo, em especial em São Petersburgo, é de tensão devido às manifestações populares contra a exploração e a opressão sofridas pelos trabalhadores, camponeses e minorias étnicas. Um abismo separa as condições de vida da aristocracia e da alta burguesia das do povo em geral. Formam-se movimentos sociais, na busca de transformações democráticas e socialistas. Paralelamente, o clima de beligerância aumenta entre os diferentes impérios. A guerra russo-japonesa, iniciada em 1904, está em curso, e as perspectivas de derrota da Marinha do tsar são evidentes. Ganha corpo a insurreição contra o governo de Nicolau II, com greves e manifestações de rua mobilizadas pela burguesia, operariado e camponeses na luta por mais liberdade e transformações sociais.

Chana, preocupada com a situação política e social do país, resolve falar com Luba e tem uma discussão com Chaim:

— Falei com Luba para alterar a data do casamento, Chaim. Expliquei a ela que o momento está difícil para se fazer uma festa, principalmente depois do que aconteceu em São Petersburgo, mas ela se recusa a me escutar, a mudar a data do casamento.

— Eu sei, Chana. Ela falou comigo. Disse-me que a situação agora está mais calma, que as coisas do casamento estão organizadas e que a vida deve continuar. Isso ocorreu em janeiro, no dia 22, em São Petersburgo, uma verdadeira revolução, mas, no momento, o clima é outro. Disse que tudo está mais calmo, e não atingiu Odessa diretamente.

— Tenho acompanhado o noticiário pelos jornais. Ouço a respeito da situação na loja, com os clientes, ou quando vou fazer compras. Chamaram o episódio de São Petersburgo de "domingo sangrento". Muita gente morreu quando o povo se dirigiu ao Palácio de Inverno, a residência oficial da corte, para reivindicar junto ao tsar melhores condições de vida e de liberdade. As pessoas estão se sentindo humilhadas pela opressão, miséria e violência. O movimento pretendia ser pacífico. Era formado por famílias inteiras, adultos e crianças, que se aglomeraram diante do Palácio Real. Elas apenas queriam melhores condições de vida e de trabalho. As forças do tsar iniciaram um processo de dispersão das pessoas. A cavalaria avançou sobre a multidão, pisoteando e atirando a esmo. As tropas da realeza agiram de forma intempestiva. Avançaram contra o povo, que, apavorado, corria desesperado para todos os lados, na tentativa de se livrar das patas dos cavalos, das lâminas das espadas e dos tiros que cruzavam o ar. Destruíam o que encontravam pela frente. Foi uma carnificina. Milhares de pessoas foram mortas ou ficaram aleijadas. Os tempos atuais prenunciam tempos sombrios e uma mudança na relação entre governo e povo. É preciso ter cuidado.

Luba se aproxima dos pais, inconformada com a discussão:

— Veja como está Odessa! Apesar das incertezas e das instabilidades políticas que agitam o Império Russo, a cidade prossegue com seu fluxo intenso. É uma cidade cosmopolita, as atividades portuárias e mercantis estão funcionando. Existe tensão, mas também há *glamour* nas ruas, nos parques e nas avenidas. A loja está funcionando normalmente. Residências, escritórios, boas confeitarias com varandas ao ar livre estão cheias. Homens elegantes desfilam pelas ruas com finas bengalas, acompanhados de mulheres charmosas amparadas por sombrinhas de luxo, muitas delas compradas aqui, na nossa loja. Por que tanto medo? A vida continua.

— Concordo, Luba — responde Chana. — Mas seu pai também tem razão. Veja o que tem saído nos jornais e as manifestações entre os movimentos liberais. Comenta-se que muita gente está saindo da Europa Central em consequência da miséria que se expande, da falta de trabalho, do aumento das tensões políticas, das perseguições aos judeus, dos *pogroms* com sangrentos massacres na Zona de Residência. Eles cercaram milhares, talvez milhões de judeus nessa região da Rússia. Dizem que lá vivem cerca de 4 milhões de judeus, sem perspectivas de sobrevivência. Muitos estão se refugiando na Alemanha e na Galícia.

Apesar desse clima social e político, os cafés de Odessa continuam repletos até às calçadas, as crianças correm e brincam com alegria, outros passeiam pelos jardins do Teatro Municipal, nas praças próximas ao belvedere e na escadaria que conduz ao porto. Artistas expõem sua arte nas calçadas, e lindas mulheres passeiam livremente em busca de um flerte ou de algum barão abonado. Entretanto, a sombra do medo e do perigo paira no ar. Os movimentos de cunho socialista ganham espaço nas rodas de discussão. A leitura do livro *O capital*, de Karl Marx (1867), tem se popularizado, um sinal de possíveis mudanças que poderão ocorrer na Europa e, talvez, no mundo.

A população atual de Odessa é de cerca de 1 milhão de habitantes, sendo a metade de judeus. Alguns vivem bem, porém apreensivos com o histórico de *pogroms* que estão ocorrendo aqui e ali, com restrições de movimento impostas aos judeus, que dependem de autorização oficial para se deslocar de uma para outra cidade, além de quotas para a frequência nas escolas públicas.

A cidade fica em um entroncamento marítimo que une Europa e Ásia, um centro exportador de trigo e gado. Dezenas de etnias frequentam a cidade, que, apesar de nova – fundada em 1794 –, tem adquirido personalidade ímpar, inspirando poetas, escritores e artistas que a consideram a cidade dos sonhos, de esplendores e tragédias, a Pérola do Mar Negro (KING, 2017). Um mar que jamais se congela no inverno. Chegam a chamá-la de Nova Paris em vez de Nova Rússia. Possui uma vida cultural e intelectual sofisticada, misturada à vida mundana de marinheiros, prostíbulos, restaurantes, confeitarias, jogos, negócios escusos e mulheres vindas de várias partes da Europa e da Ásia. É um terreno propício para o desenvolvimento de atividades do submundo e de organizações ilícitas, concomitantes aos movimentos literários, sociais, políticos e artísticos conservadores e progressistas.

A topografia local caracteriza-se por estepes e falésias, com regiões férteis de terra negra propícias para a agropecuária. Odessa já havia sido uma fortaleza otomana e palco de muitas batalhas. Catarina II, a Grande, vislumbrava o potencial do pequeno porto de Khadjibey. Estimulada por seu amante, Alexandrovitch Potemkin, da importância estratégica para a região, desejou transformá-la em um centro comercial. A imperatriz designou Potemkin governador da cidade e deu a ele a tarefa de criar um grande porto, aberto para a Europa, a Ásia e o mundo. Após a morte de Catarina II, subiu ao trono seu filho Paulo, que abandonou o projeto, retomado posteriormente pelo neto dela, Alexandre I.

A Revolução Francesa, bem como as intenções de Napoleão de dominar a Europa e a estratégia de aniquilar os inimigos pela fome em fins do século XVIII, ampliaram as perspectivas de tornar Odessa um porto alternativo de exportação de produtos agropecuários para a Europa. A Rússia elaborou uma política diplomática junto aos turcos otomanos que resultou em um acordo que permitiu aos navios do porto de Odessa utilizar os estreitos do Bósforo e Dardanelos, abrindo caminhos para a exportação mundial e fazendo dela um grande centro comercial.

O duque de Richelieu, Armand Emmanuel, francês, sobrinho do famoso cardeal Richelieu, esteve exilado em Odessa. Após ter participado ativamente de várias batalhas como militar do exército russo, foi indicado, em 1812, para elaborar e coordenar o sistema de prevenção e de isolamento social imposto à população diante das graves epidemias de cólera e de peste que assolavam a região. Um calor insuportável matava as pessoas no meio da rua. Graças aos seus profícuos trabalhos, foi indicado governador da cidade em 1813-1814, período em que planejou sua modernização e implantou um processo de urbanização com ruas largas, praças e intensa arborização, com predominância das acácias. Após seu falecimento, em 1828, foi erigida uma estátua na praça que leva o seu nome, próximo à escadaria que conduz ao porto e não longe do Teatro de Ópera e da Praça Catarina II. A partir de então, a cidade se tornou um oásis de cultura, comércio, transporte, urbanização e modernização nas relações sociais.

Do alto das falésias, vê-se no horizonte longínquo a silhueta da Turquia, Bulgária, Romênia, Bessarábia e Rússia. A cidade está dividida em quadras regulares, com ruas bem construídas, pavimentadas com tacos de madeira para atenuar a batida dos cascos dos cavalos, das rodas das carruagens e dos cabriolés. O transporte público é feito por bondes puxados a cavalos. As estradas são de terra batida, ligando a metrópole às zonas rurais próximas, que podem ser atingidas a cavalo ou carruagem. É, porém, impossível percorrê-las no inverno devido à neve. Na época das fortes chuvas elas se transformam em verdadeiros rios de lama. A qualquer tempo, é preciso se proteger nas estradas dos bandos de assaltantes sempre prontos para atacar os viajantes. As cidades da Polônia, Moscou, Kiev ou São Petersburgo são servidas por linhas de trem.

Gregos, albaneses, alemães, italianos, turcos otomanos, franceses, romenos e russos se encontram nesse oásis para negociar e se divertir. Uma verdadeira torre de Babel, uma profusão de línguas se ouve pelas ruas, além do russo e do ucraniano. O *iídiche* corre solto, especialmente em Moldavanka, bairro fabril situado na periferia de Odessa, habitado por operários e parte significativa da população judaica da cidade. A apreensão política e social em Moldavanka é maior do que no centro de Odessa.

Porém, em todos os pontos da cidade de Odessa, ouvem-se sussurros desconfiados e perseguidores, paralelamente ao desejo de muitos de se divertir, ir às praias e observar o panorama da escadaria que dá acesso ao porto. Os bares e cafés estão movimentados, imersos na fumaça dos cigarros e charutos transbordantes de temores. No acesso às praias arenosas ou à costa rochosa, casais e famílias com crianças caminham nos finais de semana por aleias tortuosas envoltas por matas, percursos que podem ser feitos a pé, a cavalo ou de cabriolé.

Os Kisluk têm a loja de produtos finos na Praça Catarina II e uma fábrica de guarda-chuvas em Moldavanka. Cada pessoa que entra na loja ou na farmácia gera uma suspeita, disfarçada por um sorriso de aparente simpatia e acolhimento. Pode-se ver nos olhos dos clientes expressões de desconfiança e, até mesmo, de certo desprezo. O luxo do material exposto na vitrine da loja é um incômodo para muitos. Porém, atrai enormemente os negociantes e os turistas ricos, que chegam à cidade vindos de outras partes do mundo.

Chaim havia chamado a atenção de Chana:

— É melhor refazer as vitrines da loja. Substituir as sombrinhas e bengalas de luxo, as cigarreiras de prata, aquelas incrustadas de pedras exóticas, por produtos mais simples, para não chamar tanto a atenção dos transeuntes.

— Mas a nossa clientela é sofisticada — diz Chana. — Veja quem são nossos clientes. É isso que dá charme à loja e atrai a clientela que nos procura. Acho que você está cismado demais.

— Chana, você não se lembra dos *pogroms* recentes que ocorreram próximo daqui, na Romênia? Estamos sujeitos a muitas formas de violência, de discriminação. Somos judeus. Você se esqueceu do que aconteceu em Kishinev, na Bessarábia? Não faz muito tempo. Um ano? Nossos inimigos, quem são? Isso a gente nunca sabe. Circula no ar um estado constante de inquietação como se o inimigo pudesse surgir de qualquer lugar e a qualquer momento. Eu prefiro ser mais cauteloso. O que ouço dos meus clientes na farmácia me deixa muito apreensivo. Seu irmão Mário anda falando em sair do país, em emigrar para a América. Você já se esqueceu? Sabe que há uma nova lei que obriga homens jovens e até de meia-idade a se alistarem no Exército? O clima político está pesado.

— Mas está para ser criada a Duma. Haverá um parlamento que cuidará melhor das leis — diz Chana. — Eles serão mais liberais. Esse barulho vai se acalmar, você não acha? A guerra contra os japoneses deve acabar logo. Não haverá mais necessidade de *pogroms*, de movimentos de rua. Não vou mexer nas vitrines agora. Fico preocupada, mas não quero atrapalhar os planos de Luba. Eles são jovens. Querem se casar. *Mazel tov*. Deixe-os tocar a vida!

Na casa de Ilya as conversas são semelhantes às da casa de Luba, com uma única diferença: os pais decidiram que não irão interferir nos projetos dos jovens.

Uma estranha tranquilidade domina a cidade após os eventos turbulentos. Coincide com um grande afluxo de homens vindos de outras partes da Rússia, interessados em se alistar na guerra contra o Japão. Houve, também, uma anistia promulgada para 2 mil prisioneiros que cometeram crimes menores, os quais afluíram para Odessa no intuito de se alistarem para a guerra.

Inquieto com a situação social e política da cidade, Chaim tem dúvidas sobre a adequação das atitudes de Chana:

— Veja como a cidade está abarrotada de gente desempregada, faminta, saqueadores, vândalos que geram motins por toda parte.

— Sim — concorda Chana. — Mas há contrastes. Esta é uma cidade dividida entre criatividade e desolação. Veja a programação do Teatro Municipal, as atividades musicais, literárias e de poesia. Luxúria e libertinagem, boemia e fanatismo político, discrepâncias sociais na cidade, nas periferias e no campo. É uma cidade de múltiplas influências culturais. As atividades do porto misturam-se às heranças dos cossacos, dos antigos colonos e pastores nômades de várias etnias. Todos eles se embriagam pelas ruas. Há muito sexo e violência. Essa é Odessa.

Apesar do clima que se vive, a loja de produtos finos da família Kisluk, localizada no coração da cidade, na praça principal, a Ploschad Caterina, em homenagem a Catarina II, a Grande, próxima da estátua de Richelieu e da escadaria Potemkin, construída em 1841, está situada em um prédio de três andares, como a maioria dos prédios da cidade. Edifício de alto padrão, cujo portão de entrada traz, em seu pórtico, o número 5. Fixada em um dos pilares laterais, uma placa informa aos transeuntes que o prédio foi construído em 1901. Os apartamentos da frente, seis no total, estão voltados para a praça. De suas janelas, veem-se a estátua da tsarina Catarina II e o Palácio Imperial.

No interior do prédio há um amplo pátio, capaz de abrigar charretes, cabriolés e carruagens. As janelas internas dos apartamentos estão voltadas para esse espaço arredondado e circundado por trepadeiras – heras –, que tornam o espaço romântico, charmoso e aconchegante. No térreo existem alguns escritórios e um barbeiro. Do lado externo, ladeiam o pórtico duas lojas; uma delas pertence aos Kisluk. Próximo, funciona o famoso Café Fanconi frequentado, principalmente, por cavalheiros e apreciadores de bilhar.

Na loja dos Kisluk vendem-se produtos importados, como sombrinhas rendadas com cabo de madeira trabalhado ou em prata de lei, incrustados ou não de pedras preciosas, madrepérola ou marfim. Trabalham, também, com artigos masculinos, como bengalas talhadas e cigarreiras em prata e ouro. Há o costume entre os burgueses e a alta aristocracia de presentear pessoas queridas e importantes com uma bengala trabalhada, com o nome do presenteado inscrito no cabo.

Na avenida Tchaikovsky, perto da Praça Catarina II, está o magnífico Teatro de Ópera e Balé da cidade, construído em 1810, destruído pelo fogo em 1873. Reconstruído em estilo rococó francês, foi reaberto ao público em 1887. É cercado por lindos jardins.

Não muito longe do centro está o bairro de Terezit, onde a família Levitsky tem uma farmácia. Tanto os Kisluk como os Levitsky têm parentes que moram em Moldavanka. Nesse bairro periférico de Odessa, predominantemente judaico, Theodor Hertzel e um grupo sionista se reúnem para discutir projetos sobre o futuro dos judeus na Rússia e no mundo, e sobre a perspectiva de se criarem condições para a reconstrução do Estado de Israel.

Os Levitsky não seguem nenhuma orientação religiosa. Não falam iídiche, nem preservam os rituais do *shabat* ou das grandes festas judaicas, mas se identificam como judeus bastante assimilados à cultura russa. Já os Kisluk observam os ritos e as tradições na vida cotidiana. Vão à sinagoga por ocasião das grandes festas, Yom Kippur, Rosh Hashaná, Simcha-Torah, praticam a *kashrut*, comemoram o *shabat*, comunicam-se em iídiche. Luba já é mais assimilada.

Chegado o dia do casamento, tudo é só alegria. A sinagoga está repleta de convidados. Sob a *chupá*, tenda onde se realizam os casamentos judaicos, estão, da parte de Ilya, o noivo, os pais, uma irmã e um irmão. Luba será conduzida ao altar por seu pai. A mãe, uma irmã e os dois irmãos também aguardam sua chegada sob a *chupá*. Todos serão testemunhas que confirmarão e abençoarão o novo casal.

O rabino, ao ler a *Ketuba*, contrato de casamento, dentro do ritual *ashquenazi*, declara que a noiva, Luba Kisluk, nascida em Odessa, em 15 de maio de 1883, recebe como dote dos pais, Chaim e Chana Kisluk, uma loja e um apartamento localizados na Praça Catarina II, a Grande. O noivo, Ilya Levitsky, nascido em Odessa, em 3 de dezembro de 1876, recebe, como dote de seus pais, uma farmácia. Ambos se comprometem a estar juntos e a se ajudar na alegria e na dor. *Mazel tov.* Uma recepção restrita à família ocorre no salão da sinagoga, animada com *oira*, danças e canções hebraicas e russas, *gefilte fish*, *borcht*, arenque com cebola ou creme de leite, *varenik* – um pastelzinho recheado de batata e cebolinha frita –, pepino azedo e muita vodka.

Em seguida, o casal se dirige para o novo apartamento, situado sobre a loja de sombrinhas. Luba já trabalhava nessa loja, ajudando a cuidar das vendas e da administração. Aos 22 anos, Luba é uma mulher cheia de vida, pragmática, objetiva e enérgica. Gosta de tudo bem-feito e tolera mal quando as coisas não saem como ela planeja.

Frequenta um dos clubes de literatura da cidade. Ilya está com 29 anos. Herdou dos pais a farmácia, na qual já trabalhava como farmacêutico. É uma pessoa circunspecta, irritadiça, impaciente, mas de bom coração. Fuma a ponto de ter os dedos e a barba impregnados pela nicotina. Sai cedo de casa e só volta à noite, após fechar a farmácia.

Ao se cruzar o grande portão de ferro trabalhado, ostentando o número 5 no alto do pórtico, há um corredor com pavimento em pedras, largo o suficiente para a entrada das carruagens. Uma das portas desse corredor dá acesso a uma escadaria larga, em mármore branco, com amplas janelas e um corrimão de madeira sustentado por uma estrutura de ferro trabalhada. A porta de entrada do apartamento é de madeira talhada, larga, e dá acesso a um longo corredor de distribuição que se comunica com os quatro quartos, dois de cada lado, e com as duas grandes salas bem decoradas: uma sala de jantar e outra de visitas, cada uma com uma grande lareira. O apartamento é assoalhado com tábuas largas, e, no fundo, há uma grande cozinha e um amplo banheiro.

Passada a euforia inicial do casamento, Luba e Ilya vão à casa dos Kisluk para comemorar o *shabat*. Durante o jantar, surge uma conversa sobre a insatisfação existente entre os pequenos agricultores e camponeses diante das atitudes restritivas do governo. Fala-se das medidas tomadas pela corte, as quais não estão amenizando a insatisfação popular, nem diminuindo a distância social entre a população e a aristocracia.

Ilya comenta:

— Ouvi de um cliente frequentador da farmácia, pessoa muito queixosa, sempre com dores de estômago, comentários sobre os riscos atuais existentes para a classe burguesa, atingindo, especialmente, os judeus com as novas orientações do governo.

— É verdade — disse Luba. — Também ouvi comentários desse tipo, tanto na loja como em Moldavanka. Percebe-se que a tensão está aumentando, diferentemente do que se passa aqui em nosso bairro, que, apesar de tudo, segue seu ritmo habitual. A fábrica de guarda-chuvas funciona regularmente, assim como o setor industrial e o comércio local. Estive na mercearia do velho Yankev. Ele sabe de tudo. Com seu avental surrado, sujo, em meio a tonéis repletos de arenques mergulhados na salmoura - outros de pepino azedo, *cáshe*, trigo sarraceno, *chalá*, pão trançado - ele é um dos pontos de encontro da comunidade. Toda boataria circula por ali, principalmente as da coletividade, tanto as lícitas como as ilícitas. Ele me disse que a comunidade judaica voltou a ser hostilizada por greves e motins que estão pipocando aqui e ali, de forma cada vez mais intensa fora de Odessa, em diferentes pontos da Rússia, da Ucrânia e da Romênia. Os movimentos antissemitas estão se espalhando, disseminando medo, insegurança e incerteza nas comunidades judaicas. Os grupos de resistência, de autodefesa judaica na luta contra os agressores nacionalistas, estão se articulando. A situação tende a se agravar. O silêncio das autoridades políticas, da polícia e dos regimentos cossacos agravam a situação. Yankev está muito preocupado.

— Fico pensando se não devemos ir embora daqui — diz Ilya. — Sinto-me dividido. Por um lado, temos um patrimônio formado que é preciso preservar, e, por outro lado, imagino que haja um lugar onde possamos viver em paz, sem tantas ameaças. Como vamos formar nossa família, colocar filhos no mundo nessas condições? Às vezes penso que tudo isso pode passar, mas também tenho dúvidas. Além do mais, suspeito de que as atitudes do tsar com a criação da Duma sejam mais de aparência, de estratégia política, do que um desejo autêntico de aceitar os judeus e de dar mais liberdade para o povo. Se sairmos da Ucrânia, as perdas econômicas serão muito grandes. Hoje temos trabalho, mas não sabemos como será o amanhã. Os negócios não estão mal, apesar das instabilidades.

— Ilya, concordo com a análise que você faz da situação, mas não penso em ir embora. Ainda que nossa situação seja diferente da de outras regiões de Odessa, mesmo da Bessarábia e da Romênia, o perigo de nos atingirem é muito grande. Em Moldavanka a situação é de fome, de desemprego. Há muitos barracos, e o índice de criminalidade é elevado. Aquilo é um caldeirão que pode explodir a qualquer momento. Sei que você é bem informado, mas não sabemos onde está a verdade. Os jornais também não falam a realidade do que está acontecendo, e cada jornal tem sua tendência política ou ideológica. Meu irmão, de fato, fala em sair de Odessa, ir para a América. Falou outro dia em ir para Pernambuco, um lugar no Brasil que tem praias lindas. Sei lá onde é isso!

— Minhas dúvidas estão ligadas ao fato de que Odessa é diferente de outras partes da Rússia. Tem o porto. Há muita influência internacional. A economia mundial passa por aqui. No fundo, tenho a esperança de que tudo se resolva e possamos viver aqui e em paz.

— É verdade, mas fale com Yankev. Vá até a mercearia e ouça o que ele pensa. Converse com Jacob, do açougue *kosher*, com os judeus das *ieshivot*, escolas religiosas, veja o que eles falam sobre o futuro! Os *pogroms* estão pipocando no entorno de Odessa. As populações revoltadas, oprimidas pelos antigos senhores feudais, escravocratas, e os novos camponeses, que vivem em estado de miséria, estão culpando os judeus. Forças paramilitares estão se organizando. A situação é grave, e não é de hoje. Eu queria me casar e não queria enxergar a gravidade da situação. Mas acho que estou mudando de ideia em relação ao que dizia antes do casamento. A ideia de sairmos de Odessa está ficando cada vez mais presente para mim.

— Luba, eu sei de tudo isso. Ouvi dizer que há um fluxo migratório muito grande da Romênia e da Polônia para a América, em busca de novas oportunidades de vida. Mas... não sei se já chegou nossa hora de partir. Estou cheio de dúvidas e de medos.

Há um longo silêncio. Ilya volta a falar:

— A Rússia está fracassando na guerra contra o Japão. Sei do descontentamento popular, das manifestações anarquistas, socialistas, sindicais e das mais diversas instituições locais. Porém, a ideia de formação da Duma Imperial como grupo parlamentar consultivo, capaz de auxiliar o tsar na tomada de decisões e acalmar as revoltas populares, pode representar uma esperança. Você mesma disse isso, Luba. Muitas autoridades acreditam no envolvimento de judeus que pretendem a desestabilização do governo imperial. Acredito que isso até pode ser verdade entre os judeus progressistas. É verdade que a classe média está crescendo e, consequentemente, esteja havendo expansão da burguesia e do capitalismo. A reação natural surge com a formação dos movimentos sociais socialistas, comunistas, sindicalistas e sionistas de várias tendências. Podemos compreender o que está se passando, mas o difícil para mim é tomar uma decisão. É preciso muita coragem.

— Sim, Ilya, mas lembre-se que um terço dos judeus vivem na pobreza. Não creio que isso tudo vá se acalmar. Nós, os Kisluk e os Levitsky, somos representantes dessa nova expansão social. E eu me sinto ameaçada, apesar de, na aparência, tudo estar bem. Estamos sentados em um barril de pólvora.

Chaim e Chana ouviam a discussão em silêncio. Apreensivos, bebericavam mais um gole de vinho *kosher*, utilizado para fazer as *brachot*, as bênçãos, do *shabat*.

No início da nova semana, Luba sai cedo do apartamento para trabalhar na loja. Precisa organizar as prateleiras e gavetas após a visita feita por um grupo de estrangeiros, que, no dia anterior, havia espalhado as sombrinhas, deixando-as fora do lugar. Era preciso limpar cinzeiros e arejar o ambiente.

Perto da hora do almoço, ela recebe a visita de um homem de boa aparência, bem vestido, mas sem luxo. Ele fala um russo impecável.

Educadamente, pede para ver diferentes tipos de sombrinhas para uma jovem que completará 15 anos. A conversa corre solta, agradável. Ele acrescenta que o presente é para sua filha, uma surpresa para ela, que está se tornando mulher.

Luba mostra-se solícita e apresenta uma série de sombrinhas. Seleciona aquelas que ela acredita serem adequadas para uma garota dessa idade. É então que a conversa toma um outro rumo:

— A senhora está trabalhando há muito tempo nesta loja?

— Sim. Há alguns anos. Por que me pergunta?

— Apenas por curiosidade. Para saber se está contente com a atividade comercial. Muitas são as dificuldades no atual momento, o dinheiro anda difícil, mudanças estão acontecendo. Tem havido manifestações nos arredores da cidade. Isso deve estar atrapalhando o comércio. Imagino que também preocupe a senhora.

Sem aguardar respostas, ele volta a mexer nas sombrinhas e a perguntar os preços.

— Obrigado senhora. Vou pensar e me decidir com qual delas ficarei.

Na saída, ao se despedir, diz-lhe:

— É bom a senhora se cuidar.

Luba sente um frio na espinha. Estava ansiosa para contar para Ilya o que acabara de acontecer. Soava estranha aquela conversa, que em nada se parecia com a de alguém que desejava comprar sombrinhas.

— Senti como um aviso, Ilya. Fiquei com a impressão de que ele estava me prevenindo de algo ruim. Estou com muito medo. Comportei-me com tranquilidade. Agradeci seu comentário, e ele foi embora.

Entrelaçando as mãos, Luba não consegue disfarçar a tensão. Ilya, então, diz:

— Na farmácia, hoje, ouvi boatos de que alguma coisa grave está por acontecer. As ruas estão mais vazias nesses últimos dias. O comércio decaiu. Há muita gente embriagada e desocupada. Estão criando muita bagunça no porto. Acho melhor tirarmos da loja as coisas de maior valor. Vamos guardar no apartamento joias e as peças em prata. Quando as coisas se acalmarem, remontaremos a vitrine.

No dia seguinte, o mesmo homem volta a procurar Luba na loja. Ele vai direto ao assunto:

— Sei que vocês são judeus e que têm dinheiro. Aqui só vem gente que pode gastar, a burguesia, a aristocracia, gente do governo. Minha missão é avisá-los para que se cuidem.

Amedrontada, cheia de dúvidas, Luba acha preferível nada perguntar. Quer se livrar daquele encontro incômodo. Antes de ir embora, o homem lhe pede um agrado pela informação. Luba, com muita delicadeza, simplesmente, pergunta de qual das sombrinhas ele havia gostado. Ele escolhe uma.

— É um presente da loja para sua filha.

Polidamente, ele pega a sombrinha, agradece e se retira.

A situação política e social de Odessa e do Império Russo estava se deteriorando. O clima político e social deixava de ser uma ameaça para se transformar em perigo real. Os atrasos de Ilya para chegar em casa na volta do trabalho se tornavam assustadores. Pensava-se sempre no pior, que fora preso ou atacado por algum grupo extremista ou antissemita. Não tardou para que tivessem notícias de que o *pogrom* mais mortífero da história russa estava acontecendo em Odessa.

Ilya chegou esbaforido em casa. Foi preciso desviar dos grupos que, bradando palavras de ordem, se dirigiam à rua Deribassosvskaia.

A insatisfação do operariado havia chegado ao clímax. Diferentes grupos socialistas e anarquistas clandestinos, sindicatos, cooperativas e outras instituições sociais unidas caminhavam quebrando tudo que viam pela frente como expressão de descontentamento.

Na rua Deribassosvskaia, próximo à praça Catarina II, todas as lojas foram saqueadas, pilhadas, e os selvagens saíram exibindo os produtos roubados, desprezando os judeus e suas propriedades, sem intervenção da polícia, que assistia tudo a distância. Houve inúmeros mortos, judeus e não judeus.

Nesse dia de junho e nos subsequentes, Luba não abriu a loja, e Ilya manteve a farmácia fechada. Ela havia mandado reforçar os cadeados e colocado trancas para dificultar possíveis arrombamentos. Do apartamento, podia-se ver e ouvir os gritos e os tiros, sentir a fumaça dos incêndios provocados pela massa humana enlouquecida.

Ilya e Luba observavam o movimento da praça escondidos por detrás das cortinas. À sua frente, a guarda imperial estava de prontidão, atenta aos movimentos do povo, sem esboçar qualquer reação. Impotentes, os dois assistiam à devassa, apenas implorando para que a turba não entrasse no prédio.

— Estou apavorada — disse Luba. — O operariado de Odessa está tomando consciência do seu poder. O governo está perdido. A Marinha japonesa está bloqueando a entrada e a saída dos navios no porto, uma estratégia que está gerando caos nos mercados internacionais. Conseguiram interromper o fluxo de alimentos. Muitas empresas estão entrando em falência devido ao impedimento do fornecimento de cereais ao Extremo Oriente e exportação de manufaturados para o Pacífico.

— Também estou com medo — concordou Ilya. — O tsar e seus ministros não sabem o que fazer e geram mais confusão. Ele, o tsar, quer resolver tudo sozinho, à sua maneira, e não tem competência para isso. A turba enfurecida está pilhando o porto, travando uma batalha contra a polícia. Falam que há centenas de mortos pelas ruas. Incêndios brotam nos armazéns do porto. Do belvedere pode-se ver a fumaça dos incêndios que estão ocorrendo nas docas.

— Grupos de defesa da comunidade judaica estão cometendo ataques. Isso vai jogar, mais uma vez, a polícia contra os judeus. Seremos responsabilizados por isso — disse Luba.

— É uma loucura!

Ambos concluem que estão jogando a polícia contra os judeus. Luba completa:

— Há muitos judeus socialista que desejam a queda do governo. Não sei quanto tempo isso vai durar. Tudo está fechado, inclusive o mercado. Temos de manter a calma. Nossa dispensa tem comida suficiente para alguns dias. Todos precisarão comprar e vender. Isso não poderá durar muito tempo.

CAPÍTULO 5

Odessa, outubro de 1905

Em junho, o descontentamento popular havia chegado ao ápice. Os extremistas e grevistas tornaram-se ainda mais violentos. Barricadas estão montadas nas ruas, e os anarquistas lançam bombas contra as unidades policiais enviadas para reprimir os distúrbios. A cavalaria imperial toma conta da escadaria que dá acesso ao porto. Muitos são mortos a tiros, a golpes de espadas ou pisoteados pelos cavalos. Na entrada do porto, o encouraçado Potemkin está ancorado, sem que se saiba se para reprimir ou assustar a população, que o observa do alto do belvedere.

Em seu interior, os marinheiros famintos, alimentados com carne podre, estão doentes e revoltados. Eles se amotinam e passam a lançar obuses contra a cidade, sem acertar qualquer alvo. Odessa se agita e se transforma em um grande tumulto. Temendo represálias, o navio militar foge para o litoral da Romênia.

Na cidade, judeus nacionalistas e sionistas entram em conflito com cidadãos russos favoráveis ao tsar. Na região próxima a

Moldavanka, no porto e em outras localidades da periferia, sucessivos tumultos ocorrem, provocando reações dos grupos judaicos de autodefesa, cada vez mais organizados e mais armados, mas insuficientes para conter a turba enlouquecida. Comenta-se que as máfias judaica e russa estão ampliando suas atividades. As autoridades policiais, desorientadas e, talvez, envolvidas com o clima geral de insatisfação, são ineficientes ou nada fazem, a não ser agravar a turbulência com tentativas de intensa repressão.

A turba ataca indiscriminadamente mulheres, crianças e propriedades, contando com a complacência das autoridades, que acreditam que os judeus são a causa de tudo. Miséria, fome e prostituição se expandem, e são numerosos os judeus e não judeus envolvidos em sistemas de exploração das pessoas mais vulneráveis.

Sair de casa estava se tornando cada vez mais perigoso devido à violência dos soldados, marinheiros e de gente do interior, vindos a Odessa em busca de trabalho ou sob o pretexto de se alistarem para a guerra contra o Japão.

Era o início da Primeira Revolução Russa. A loja permaneceu fechada por semanas. Ilya vai à farmácia de forma sorrateira. Trabalhava de portas fechadas. Abria somente para clientes conhecidos e em casos de urgência. Cada dia era uma incógnita sobre o que iria acontecer e as consequências na vida cotidiana. A comunicação com os demais membros da família estava praticamente impossível. Nada de correio. Os serviços de táxi, os cabriolés, estavam caríssimos, e poucos se aventuravam a trabalhar, pelo risco de serem agredidos.

Luba observava pelas janelas do apartamento o movimento das ruas, no intuito de avaliar o momento oportuno para descer, ir à mercearia ou ao açougue fazer compras. Todos estavam com medo. Faziam-se negócios no fundo da loja, às escondidas, pois alguém poderia denunciar qualquer movimento tido como diferente.

Havia barricadas diante do Palácio Imperial. O entra e sai do palácio se intensifica, principalmente, com elementos da cavalaria.

Após o massacre, veem-se carroças longas, com rodas menores à frente e outras duas maiores atrás, puxadas por dois cavalos, percorrendo as ruas para recolher os cadáveres. Estes, empilhados uns sobre os outros, são, mais tarde, depositados em um campo distante. Esse estado caótico perdurará até meados do ano seguinte.

O movimento sionista seguiu ativo e na surdina. Odessa era peça importante nessa engrenagem desde a organização do Primeiro Congresso Mundial Sionista, em 1897, realizado na Basileia, Suíça. Repercutiu intensamente a iniciativa do jornalista húngaro Theodor Hertzl, após a publicação de seu livro, *O Estado judeu*. Pretendia-se mobilizar recursos e comprar terras na Palestina para a formação de um Estado judeu naquela região.

Ilya chegara a participar de algumas reuniões clandestinas da juventude sionista. Ficava irritado, dividido que estava entre sua identidade russa, o apego afetivo à terra e a busca por uma sociedade mais justa e humanitária, capaz de aceitar a preservação dos sentimentos judaicos.

— Veja, Lubinha, estão querendo comprar terras dos turcos na Palestina. Vieram à farmácia me pedir dinheiro para esse projeto. Acabei dando alguma coisa para não me chatearem. Eu não acredito que isso possa vir a dar certo.

Ilya pouco se interessava pela preservação religiosa e das tradições do judaísmo. Sentia-se um judeu liberal, progressista, com alguma simpatia pelo movimento sionista. Pertencer a uma classe social diferenciada, frequentar não apenas a coletividade judaica, mas estar integrado à comunidade russa, e morar diante do Palácio Imperial eram privilégios que davam a ele a ilusão de pertencer à comunidade russa.

Luba, nessa época, frequentava o círculo de literatura, que sofria as influências de uma visão progressista. Ela carregava um conflito pessoal por pertencer à classe abastada entre capitalistas e a aristocracia. Sua clientela era socialmente diferenciada. Possuía uma visão da necessidade de se pleitear maior justiça social; se não fosse possível haver igualdade de oportunidades para todos, pelo menos havia a necessidade de se diminuírem as diferenças entre as classes sociais, entre ricos e pobres. Ser judia a fazia se sentir continuamente insegura diante do antissemitismo crescente. Mas não estava entre seus planos a ideia sionista de ir para a Palestina. Isso não fazia parte dos seus projetos e ideais de vida. Até porque a análise que ela fazia da situação de vida e política no Oriente Médio era de instabilidade sob o regime dos turcos otomanos.

Tanto ela como Ilya nada podiam fazer para mudar as condições do país, a não ser revelar sua simpatia pelos movimentos liberais e progressistas. Materialmente, estavam bem-organizados na vida, apesar da grave crise econômica pela qual a Rússia passava, em especial Odessa, devido às restrições portuárias.

Mais tarde, em outubro de 1906, o governo imperial, após ser derrotado na guerra contra o Japão, firmaria acordos de paz com a nação inimiga. Nicolau II, promete liberdades civis e resolve criar a Duma, uma espécie de parlamento organizado para ser um órgão consultivo do governo, mas que acaba por abarcar representantes de várias tendências políticas. Em suas propostas iniciais, o tsar pretendia preservar seus poderes autocráticos com o direito de dissolver a Duma a qualquer instante. A primeira convocação dos constituintes ocorre no verão de 1906. Estabelece-se um clima de esperança por maior liberdade e justiça social, e uma certa calma volta a reinar na região. A vida na Pérola do Mar Negro, num clima de aparente paz, retoma suas atividades culturais e econômicas. Os embarques e desembarques no porto, tanto de cereais como de gado, normalizam-se. A cidade readquire sua beleza e *glamour*, diluindo os sentimentos de ameaça. A partir do verão de 1906, círculos de leitura, teatros, salas de concertos e óperas voltam a funcionar.

Entretanto, a primeira Duma é dissolvida após dois meses de funcionamento, devido às tensões surgidas entre seus membros e os ministros do tsar. A segunda Duma também tem curta duração. Em 1907, é eleita a terceira Duma. Seus integrantes são conservadores afinados com o governo, donos das terras e pertencentes, em sua maioria, à alta burguesia. Membros dos partidos mencheviques e bolcheviques estão entre os constituintes representantes de outras tendências políticas.

CAPÍTULO 6

Odessa, inverno de 1907

Loja e farmácia continuam a ser pontos de encontro para conversas e trocas de informações em meio à sombra do antissemitismo local, presente em todos os cantos do Império Russo e na Europa. Apesar do clima de bonança, há insatisfações sociais e políticas que rondam a todos, em especial os judeus e a burguesia.

O movimento sionista evolui e se articula com vistas à compra de terras na Palestina e à divulgação internacional dos projetos em andamento. A cidade retoma seu estado de agito habitual, com muitos projetos em andamento. Iniciam-se a construção da Biblioteca Municipal e os preparativos para a grande feira comercial internacional, que acontecerá em 1910. O transporte público sofre mudanças com a eletrificação, em substituição aos bondes tracionados por cavalos. Está em planejamento a criação de um conservatório musical e a Escola Militar, previstos para funcionar em alguns anos, talvez em 1913.

Fim do outono, começo do inverno. Os dias escurecem mais cedo. No fim da tarde sopra um vento frio, as folhas das árvores amarelecidas caem e correm soltas, empurradas pelo vento.

Luba prepara um jantar diferente. Acende a lareira da sala de jantar e os dois castiçais de prata que havia ganhado da avó materna, peças de estimação para serem usadas em ocasiões especiais. Acende um cigarro e aguarda, pacientemente, a chegada de Ilya, após um dia de intenso trabalho na farmácia.

Ilya, ao chegar em casa, segue o ritual de sempre. Pendura o casaco no mancebo colocado ao lado da porta de entrada, dá um beijo rápido em Luba. Dirige-se à lareira para arrumar a lenha e avivar o fogo, antes de se sentar na poltrona diante de Luba. Olha para a mesa com ar surpreso, de indagação, mas nada fala. Inicia um novo cigarro, dá uma longa tragada, perdido em pensamentos secretos, e recoloca o cigarro no cinzeiro.

Luba se aproxima, segura as mãos do marido, tira o cigarro agora pendente dos lábios dele e volta a colocá-lo no cinzeiro, na mesinha ao lado da poltrona. O dia está frio. O fogo vivo transmite um calor aconchegante.

— Ilya, temos novidades. Você não percebeu nada?

— Não!

— Nem suspeita de nada?

— Também não. Devia suspeitar?

— Claro!... Estou grávida! Fui ao médico hoje. Ele me examinou, disse que devo estar grávida de quatro meses. Ele conseguiu ouvir os batimentos cardíacos do bebê. Sugeriu apenas que eu parasse de fumar. Será melhor para a criança.

-Ah! *Mazel tov*! Foi por isso que você preparou a lareira e a mesa do jantar. Eu percebi algo diferente, mas não me dei conta do que poderia ser.

Ele a traz para junto de si. Faz com que ela se sente em seu colo, abraça-a e beija-a carinhosamente.

Ela pousa a mão dele sobre seu ventre, que começava a crescer, formando uma discreta protuberância sob o vestido:

— Este é o melhor presente que posso lhe dar e que você me deu!

Ilya sorri, aperta-a em seus braços:

— Vamos brindar!

Pega uma garrafa de vodka, provavelmente Smirnoff, aquela que era consumida pela corte, e outra de *cherry brandy*, bebida avermelhada e doce, muito apreciada por Luba. Acende um charuto e oferece um cigarro para Luba, que o recusa:

— Vou parar de fumar. Não é bom para a gravidez. Vamos brindar, Ilya. Ao futuro do nosso filho ou filha! Seja lá o que for, será bem-vindo. Acho que vai dar um outro sentido às nossas vidas.

— E quando vai nascer?

— Deve nascer em julho ou começo de agosto.

Ter filhos era um desejo presente, mas ambivalente, para ambos. Agora, com as mudanças que ocorreriam em suas vidas, a realidade estava definida, em meio a esperanças e incertezas. Lágrimas de alegria e de apreensão revelavam as reflexões silenciosas e não ditas pelo jovem casal.

Nos meses seguintes, a rotina diária dividir-se-ia entre os afazeres da loja, os cuidados da casa e os preparativos para a chegada do bebê.

Luba é uma mulher decidida, impõe suas posições na maneira de cuidar da casa, da loja e dos preparativos na organização do quarto e do enxoval do bebê. Ouve as observações e experiências de sua mãe, mas isso não significa obediência cega, nem submissão.

Ilya permanece cuidando da farmácia. Pouco se envolve nos preparativos para a chegada do bebê. Seu foco é o trabalho e a obtenção de recursos para manter a família. Preocupa-se com a saúde de Luba, mas não se aprofunda nos detalhes do que ela está sentindo nem nas mudanças que a gestação traz ao seu corpo. Nota apenas o cansaço que, pouco a pouco, aumenta e toma conta do bem-estar de Luba.

Em 28 de julho de 1908 nasce Emmanuel, chamado carinhosamente de Emmatchka. O bebê tem boas condições de saúde. Luba está feliz em poder amamentá-lo. Ela quer voltar ao trabalho, mas precisa aguardar um pouco. Enquanto isso, procura uma babá para contratar, uma jovem russa que se disponha a dormir no emprego, para ajudá-la nos cuidados da criança, a fim de poder conciliar o horário das mamadas com os cuidados da loja. Às vezes a babá desce até a loja, levando a criança para ser amamentada. Quando Chana está disponível para ajudá-la, é Luba quem sobe ao apartamento para cuidar de Emmatchka. Chana aproveita-se dessa situação para, com frequência, arrumar algum pretexto para cuidar do netinho e, assim, ajudar a filha.

Ilya não é de pegar o bebê no colo, nem de brincar com ele. Observa-o, com admiração, mas o contato físico é ocasional; geralmente, quando Luba ou a babá pedem. Permanece centrado nas questões de trabalho e preocupado com os caminhos que a política está tomando. Não deixa faltar nada em casa, mas não se envolve nos cuidados do bebê. À noite, quando o bebê chora, dificilmente Ilya se dispõe a ir ver o que está acontecendo. Irrita-se, quer dormir, pois no dia seguinte precisa trabalhar. Luba não fala nada. Resigna-se com os traços de personalidade do marido.

À medida que Emmatchka se desenvolve, Luba retoma suas atividades no clube de leitura. Ilya, mais reservado, tem raros encontros com amigos, geralmente pessoas ligadas aos negócios.

Gosta de analisar as perspectivas políticas e sociais do país, e, às vezes, da comunidade judaica, temas frequentes nos encontros com amigos.

Odessa entra em um período de certa calma e retomada da economia. A loja volta a prosperar, e a farmácia, também. A criação da Duma agora está sob o controle do tsar e de seus ministros. Traz certa ilusão de mudança, de esperança quanto à ampliação de melhores condições de justiça social, emprego e participação popular. Os efeitos da derrota para o Japão se diluem, e o tsar e seu governo ganham algum fôlego.

Tudo caminha tão bem que Luba e Ilya resolvem ter outro filho. Em 16 de agosto de 1910 nasce Efim, chamado carinhosamente de Fimma - apelido no diminutivo, assim com o de seu irmão. Ter filhos torna-se uma alegria quando tudo vai bem. Mas, sem dúvida, a chegada deles muda a rotina, as prioridades da vida e interferem, de forma complexa, na relação do casal. Luba está inquieta, sentindo o trabalho pesado com duas crianças pequenas, tendo de cuidar da loja, da casa, e nem sempre podendo contar com a ajuda de Chana ou de uma babá.

— Precisamos contratar uma outra ajudante, Ilya. Minha mãe está com idade e não conseguirá vir me ajudar como tem feito durante todo esse tempo. Tenho de cuidar da loja. Você trabalha o dia todo e nunca tem tempo. Cozinho, lavo a roupa, cuido das crianças e da casa.

— Acha que precisa mesmo? Vai custar caro. A relação com os empregados está cada vez mais difícil.

— Não sou de ferro, Ilya. Você só se preocupa com o trabalho. Tenho muitas coisas para cuidar. Também quero ter vida pessoal. Há quanto tempo não pego um livro para ler, não vejo minhas amigas, não consigo ir ao círculo de leitura? A temporada lírica está linda. Nossa vida está se resumindo a trabalhar, cuidar das crianças e dormir para trabalhar de novo. Não conseguimos ter vida própria. Nosso relacionamento está se desgastando.

Ilya fica em silêncio e logo procura o maço de cigarros. Vai para perto da janela, pensativo, e diz:

— Está bem. Vamos contratar.

Senta-se na poltrona sem dizer mais nada, e se perde em pensamentos, que junto com a fumaça, se espalham pelo ar.

— Tenho a indicação de uma pessoa. Não está fácil encontrar alguém de confiança, que possa conviver com a gente, saber do nosso modo de vida e dos *tsures*, problemas da família. Você sabe que sou exigente. Gosto de ver tudo no seu devido lugar. Não suporto ver a casa em bagunça. Também não tenho paciência para ouvir as crianças chorando, resmungando, com febre, diarreia, um dia querendo comer, no outro não. Quando você chega já estão dormindo, ou esperam para lhe dar um beijo e vão para a cama. Você fica só com os bons momentos. Estou cansada disso!

Ilya não responde. Após um longo silêncio, apenas diz:

— Você está muito nervosa. É bom que você goste de tudo arrumado, no lugar. Não consigo me organizar de outro jeito para ajudar você na vida da casa. Essa pessoa que poderá lhe ajudar e cuidar dos nossos filhos, você sabe quem é? Tem referências? Sei que você gosta de ver as crianças bem arrumadas. Lembro quando, em um fim de semana, você vestiu Emmatchka e Fimma com roupinhas de marinheiro. Eles ficaram lindos. Mas são crianças, gostam de correr, brincar, e, por certo, se sujam, rolam na grama, se abraçam e trepam em árvores, brigam. É preciso ter paciência. Mas está bem. Se você acha que é necessário, vamos contratar alguém. Porém, tenha cuidado para não termos outros tipos de problemas.

– Ah! Você está vendo coisas. Tudo está mais calmo agora.

Cada um vai para um lado, se envolver com suas obrigações.

Os dois meninos saem sempre juntos, agora em companhia da babá, descendente de uma família de camponeses imigrantes gregos e turcos. Emmatchka é mais quieto, obediente, e parece ter medo dos pais. Não se solta, está sempre tenso, e não é do tipo de correr e de interagir com outras crianças. Quando vão passear no belvedere, ele encosta na mureta e fica a observar isolado o mar, o pôr do sol, o movimento do porto. Fimma, o caçulinha e preferido da mãe, é agitado e está sempre envolvido com outras crianças, gera muitos ciúmes em Emmatchka.

Ambos brigam muito, principalmente, quando a mãe está por perto. Na ausência dela, se entendem. Nos dias de sol, descem com a babá para brincar no belvedere, espaço amplo com muitas árvores e gramado em volta. Há uma cena linda quando ambos ficam a contemplar o mar, o porto, a entrada e saída dos navios, o pôr do sol, que deixa as águas escuras tingidas de um vermelho alaranjado, com um brilho encantador.

Emmatchka olha maravilhado a beleza da natureza. Fimma corre atrás dos pombos, tentando agarrá-los, ou interagindo com outras crianças. Momento de alegria é quando eles têm a permissão de Luba para ir à confeitaria ao lado da loja. O sonho é comprar doces ou tomar sorvete, programa preferido de Emmatchka, que não se contenta em tomar apenas um. Enfrentar a mãe é, para ele, sempre difícil, mas nessas ocasiões o risco de levar uma bronca compensa a satisfação do desejo. Entre perseverança e teimosia a linha pode ser tênue.

CAPÍTULO 7
Odessa, 1914

As crianças cresceram. Chegam à idade escolar em um momento cujo clima social e político volta a ser tenso no Império Russo, que entra em guerra contra o Império Austro-Húngaro. Os russos aliam-se à Sérvia, em uma sucessão de lutas que se estendem por outras regiões da Europa e do mundo. A situação crítica de desordem e pobreza do Império Russo se reflete nas frentes de batalha, onde faltam suprimentos e munição. Interna e externamente exacerbam-se os conflitos. A situação política tensa e os movimentos contrários ao governo e ao tsar, que assume pessoalmente o comando do exército russo na guerra, se expandem por todos os cantos do Império e atingem, também, Odessa. Diante do estado de penúria na frente de batalha, o governo russo decide convocar camponeses para a guerra, pessoas despreparadas para a vida militar, o que agrava a instabilidade do governo em relação às forças de oposição. Está criado um clima político explosivo e pré-revolucionário, uma crise que se estende por toda a Europa.

Luba e Ilya discutem sobre que escola escolher para as crianças. Diz Luba:

— Acho que eles devem ir para uma escola judaica. Temos boas *ieshivot*, escolas religiosas. Emmatchka se sentirá melhor. Apesar de não seguirmos a religião, eles conhecerão as tradições e a cultura da nossa gente.

— Eu penso diferente de você, Luba. Se conseguirmos uma vaga na escola pública, Emmatchka terá contato com outras crianças, outros pensamentos. Precisamos preparar nossos filhos para a vida, seja aqui ou onde for. A escola deve ser um lugar para abrir a mente, e não para se viver em um círculo fechado. A cultura e a tradição judaicas eles aprendem em casa com você ou com os avós.

— Sim, Ilya, mas a escola pública tem quotas para judeus. Emmatchka terá de fazer exame, e, mesmo passando, não está garantida a sua permanência caso o número de vagas para judeus tenha se esgotado.

— Mas é preciso tentar. Se não der certo, pensaremos em outras escolas. Há algumas particulares muito boas, e até de perfil internacional. Não sei como vão avaliar uma criança de 6 ou 7 anos. Uma criança judia é melhor ou pior do que uma católica, grega ou ortodoxa? É revoltante essa situação. Eles só querem os melhores, e fazem de tal forma que isso gera revolta e divisão entre as pessoas, fazendo-as se sentirem umas melhores ou piores do que as outras.

Os pais decidem submeter Emmatchka ao teste. Ele é aprovado na escola pública, mas a quota para judeus já havia sido preenchida, como era de se esperar. Irritada com os desentendimentos, Luba opta pela escola judaica e tem de enfrentar a oposição de Ilya e de Emmatchka. O menino se recusa a ter de seguir os costumes religiosos, como deixar crescer o cabelo ao lado das orelhas, *peyales*, andar de *kipá* e de *tallit*.

— Não faz mal. Emmatchka ainda não pode decidir sobre sua vida. Somos nós que devemos assumir uma posição. Por mim, ele vai para a escola judaica — diz Luba de forma enfática.

— Não. Não vamos contrariar o menino. Ele terá de ficar muitos anos nessa escola. Será muito sofrimento para ele.

Irritado com a postura de Luba, Ilya prossegue:

— Por que colocá-lo em uma escola judaica? Não somos religiosos. Não falamos hebraico. Você ainda conhece um pouco de iídiche e vai à sinagoga nas grandes festas; eu não faço nem isso. Tampouco vejo sentido em frequentar somente a comunidade. Apesar de toda a hostilidade existente contra os judeus, nós somos russos. Acho melhor colocar Emmatchka em uma escola aberta para o mundo, para a cultura geral. Eles vão continuar sendo judeus apesar disso. Para mim, a melhor opção é a escola greco-ortodoxa. Ela é frequentada, em sua maioria, por filhos de estrangeiros que residem em Odessa. Lá o nível cultural é elevado, e não importa se são gregos, descendentes de gregos ou judeus.

— Você sabe que eles também não gostam de judeus. Os gregos estavam bem de vida e lideravam o comércio por aqui. Uma grande maioria foi embora de Odessa, e parte deles responsabiliza a expansão social e econômica dos judeus pelo fracasso econômico da coletividade grega.

— É verdade, mas, entre aqueles que restaram, gregos e judeus são minorias em Odessa. Isso pode ajudá-los a nos compreender melhor do que os russos, que, em sua revolta contra o governo, contra a burguesia, jogam a culpa sobre nós. O fato de judeus terem progredido economicamente graças ao seu envolvimento na exportação de trigo, nas fábricas, no comércio atacadista ou no varejo não pode nos tornar responsáveis pelos fracassos russos. Temos contribuído, e muito, para o desenvolvimento do país. Os russos não se mexem, são preguiçosos. Gostam de reclamar, cantar, beber e não se unem para obter melhores condições de vida. Ficam pondo a culpa na gente pelo simples fato de sermos judeus. Agora, o povo está mais consciente, fato que poderá interferir na situação social, política e econômica, com aumento da tensão popular. Mas isso agora não importa. A opção pela escola grega será uma boa alternativa.

— Há outras escolas particulares. Você quer colocá-lo justo nessa que é cristã?

— E você vai querer colocá-los no meio da aristocracia russa? Eles nos odeiam. Servimos para vender sombrinhas e os artigos que eles gostam. Alguns poucos nos toleram e são até nossos clientes. Não creio que será um bom ambiente para nossos filhos, eles serão hostilizados. Não vale a pena e custa muito caro. Os gregos são cultos. Ensinam, além do russo e do grego, também italiano, filosofia e matemática. É um ensino mais amplo e completo. Eles constituem o berço da civilização e continuam a nos influenciar até hoje. Têm uma visão de mundo diversificada.

— Nossos amigos estão colocando suas crianças em escolas judaicas. Por que não fazemos o mesmo?

— Para quê? Eles vão estudar em uma *ieshivot*, numa escola religiosa? Nós não somos assim. Quer que eles frequentem uma escola turca? De orientação muçulmana? Não vejo sentido nisso. Li um artigo de um jornalista estrangeiro comentando que "o comércio em Odessa estava amplamente nas mãos de judeus prósperos e de seus familiares, que eles podiam ser vistos todo o tempo nas ruas... os russos não gostam deles em Odessa, parece, mas não há dúvida de que este ódio é parcialmente o resultado da inveja. Eles controlam os bancos, as fábricas, a exportação no atacado e no varejo" (CURTAIN, 1911, *apud* HERLIHY, 1979-1980).[1]

[1] CURTAIN, William E.. *Around the Black Sea*. Nova York: Hodder & Stoughton, 1911, p. 329-330.

Ocupamos o lugar que já foi dos gregos e dos russos. Tudo isso gera conflitos, e a saída é enfrentar essa realidade.

Aprovados na escola pública, não podem frequentá-la por falta de vaga para judeus. Com dinheiro e algum jeitinho poderiam conseguir um lugar, mas Ilya e Luba não querem se arriscar. Após muita discussão entre o casal e a interferência dos avós, Chaim e Chana, que preferiam ver os meninos no *cheder*, na escola judaica, onde aprenderiam o iídiche e a tradição, as crianças são matriculadas no Colégio Ilyada, instituição cristã greco-ortodoxa.

A comunidade grega em Odessa é pequena e encontra-se diluída entre os italianos, franceses, turcos, búlgaros e árabes que matriculam seus filhos nessa escola, que, hoje, necessita de alunos para sobreviver. Nesse caso, as crianças judias são bem-vindas e recebidas na condição de frequentarem as aulas de religião e irem à missa.

Já matriculados nessa escola, Emmatchka, após alguns dias de aula, volta assustadíssimo para casa - na verdade, em pânico:

— Mãe! Mãmãe! Preciso mudar de roupa. Quero tomar banho. Depressa, mãe!

— O que aconteceu, meu filho? Que medo é esse? Para que tanto barulho?

— O padre me molhou. Jogou água em mim durante a reza. Todos os dias o padre reza e canta. Depois, ele segura um bastãozinho na mão e joga água na gente. Ele enfia esse bastãozinho em uma bacia de pedra cheia de água e joga em cada criança, enquanto reza e faz movimentos com a mão, e diz que é o sinal da cruz. Ele reza em outra língua, eu não entendo nada. Hoje, eu estava bem na frente do padre, e ele espirrou essa água em mim. Nós, os pequenos, os do primeiro ano, tivemos de ficar na primeira fila, bem na frente dele. Fiquei todo molhado. Estou com muito medo. O que vai acontecer comigo?

— Calma, Emmatchka. Não vai acontecer nada. Você só se molhou um pouquinho. É um costume dos cristãos usarem água benta. Uma água que eles acreditam que faz bem, que afasta o mal das pessoas e vem acompanhada de uma reza do padre.

— E... eu vou virar cristão?

— Não, não vai. Pare com isso. Você vai continuar judeu. Não é nada. É só água. Vá brincar.

Esse momento ficou marcado na cabeça de Emmatchka, que preferia ficar longe do padre e, em consequência, distante do grupo de sua idade.

Na volta da escola, as crianças costumavam brincar no pátio do prédio, onde, próximo ao portão de ferro, já no pórtico, havia uma barbearia, cujo dono gostava de provocar as crianças. Emmatchka era um dos eleitos:

— Venha cá, Emmatchka! — diz o velho barbeiro. — Fiz uma medalha de ouro para você. Vou pendurá-la no seu peito. É uma medalha de general do exército do tsar. Você quer?

— Uma medalha de verdade? Quero sim!

— Sim, de verdade. Venha ver.

Emmatchka, curioso e todo orgulhoso, se aproxima para ganhar a medalha, feita de papelão dourado com um alfinete por trás, com o qual o barbeiro faz questão de picar o garoto, deixando-o choroso, com muita raiva, enquanto o velho se diverte com sua malvadeza.

— Emmatchka, é preciso ser esperto. Não basta ser curioso e querer tudo. Preste atenção, desconfie para não ser enganado.

O garoto choroso senta-se no meio-fio, olhando abismado para a medalha, sem saber bem o que estava acontecendo, nem mesmo por que estava com tanta raiva.

Ao chegar em casa, após a escola, na hora do lanche, Emma-tchka e Fimma gostam de comer pão com chocolate, um *sandwitche* preparado pela babá, que segue fielmente as orientações ditadas por Luba. Cada uma das crianças pega sua delícia e desce correndo a larga escada de mármore branco, com corrimão de madeira e ferro trabalhado, que liga o apartamento ao pátio. Agora, elas estão prontas para brincar com as outras crianças do edifício. Quando há alguma carruagem ou cabriolé estacionado, a diversão é falar com os cocheiros, ver os animais e às vezes alimentá-los, ou montar na boleia e fazer de conta que estão conduzindo o veículo.

Emmatchka e Fimma, por volta dos 9 e 7 anos de idade, após voltarem da escola, pegam seus *sandwitches* caprichados com uma barra de chocolate e disparam para a rua, enquanto a babá, desesperada, grita:

— Esperem, não corram! Vocês vão cair!

Os meninos não obedecem e vão em direção ao belvedere, próximo à estatua de Richelieu. Encostados na mureta, admiram a paisagem, os navios atracados ou em movimento, e a beleza do pôr do sol refletido nas águas escuras do mar. Em seguida, correm pela larga alameda arborizada, onde podem brincar sem perigo, em liberdade. Muitas crianças estão lá acompanhadas das mães, avós e babás. De repente, enquanto brincam entre as árvores, Emmatchka e Fimma são cercados por um grupo de meninos de rua, que ameaça bater neles e acaba por roubar seus *sandwitches*. Em seguida, o grupo se afasta correndo, gritando, debochando dos dois às gargalhadas:

— Riquinhos... judeus. Vão embora daqui!

Experiência triste, que deixa marcas na autoestima e crava fundo um sentimento de serem diferentes, sem que entendam os porquês. Retornam para casa assustados e ainda levam uma grande bronca da mãe por terem desobedecido a babá:

— Vocês sabem que não podem andar pelas ruas com comida. Tem muita gente com fome, e isso traz inveja e raiva.

O mesmo tipo de advertência eles ouvem quando vão à confeitaria próxima ao prédio, comprar doces ou tomar sorvete. É preciso estar atento para não provocar e nem chamar a atenção dos outros. Ser discreto é importante para não serem agredidos ou surpreendidos por crianças e adultos maltrapilhos, vindos de outros bairros em busca de alimentos, dispostos a surrupiar comida, objetos ou brinquedos.

Às sextas-feiras, Luba, Emmatchka e Fimma vão visitar os avós, Chaim e Chana, para comemorar o *shabat*. Ilya nem sempre os acompanha devido ao trabalho na farmácia. Na casa dos Levitsky nada disso acontece; sexta-feira é um dia como outro qualquer.

Emmatchka gosta de ir à loja ver a mãe, brincar de vendedor, arrumar as moedas nas gavetas, fazer de conta que é freguês. Ajuda a guardar as bengalas, os guarda-chuvas espalhados pelos compradores; as peças de prata, as encrustadas de pedras e as bengalas entalhadas ficam por conta de Luba. Em uma dessas oportunidades é apresentado a um cliente muito importante, o xá da Pérsia, Amade Xá Cajar, da dinastia de ascendência turca. Emmatchka relembra com orgulho:

— Ganhei dele uma porção de moedas diferentes das nossas. Ele é bem legal. Está sempre sorrindo. Várias vezes ele veio fazer compras. Ficou amigo da gente.

Emmatchka chama-o, carinhosamente, de "aquele cliente gordinho", que, por sinal, é muito gentil com o garoto. Recorda-se, também, que um dia foi jantar em sua casa um militar judeu membro da corte imperial:

— Talvez fosse um general! — diz ele, quando perguntado sobre tão importante figura.

O único militar judeu de que se tem notícias no fim do governo do tsar Nicolau II é Joseph Trumpeldor. Veterano da guerra contra o Japão, tornou-se, depois, personalidade intensamente envolvida no movimento sionista. Sabe-se que Ilya frequenta algumas reuniões desse movimento. É discreto e ambivalente em seus sentimentos quanto às iniciativas tomadas pelos simpatizantes da causa.

O absolutismo do tsar e sua política alimentam a insatisfação popular nos diversos grupos que agitam o porto, os portões das fábricas e as ruas. Os camponeses abandonados se unem em turbas para atacar a cidade, empunhando foices, forquilhas, facões, enxadas. É preciso combater para afastar as dores da fome, da miséria e da humilhação.

Apesar desse clima político e social, tanto os Levitsky como os Kisluk permanecem na cidade. Queixam-se, sentem revolta, e lhes falta motivação para tomar a iniciativa de deixar o país. Estão arraigados à cultura, aos negócios e, principalmente, aos laços familiares. Há no fundo da alma uma esperança mágica ou milagrosa de que a situação possa melhorar. Acreditar na realidade ameaçadora está difícil. Indagam-se: qual é o momento certo para se tomar a drástica decisão de deixar o país? Estão envoltos em outros sentimentos, como a esperança, a crença, a fé de que no final tudo dará certo!

CAPÍTULO 8

Odessa, 1917

Um número crescente de trabalhadores, cerca de 3 milhões, recebe salários miseráveis. São explorados à exaustão. Trabalham até dezesseis horas por dia. Militares, trabalhadores, camponeses estão revoltados com as condições sociais, políticas e econômicas cada vez piores, configurando um campo fértil para a expansão das ideias socialistas incrementadas a partir de Marx. Os bolcheviques, vermelhos, acreditam que somente pela revolução armada chegarão ao poder e pregam a ditadura do proletariado como futuro para a Rússia.

Em meio à imensa desordem social, a população russa reivindica melhorias na qualidade de vida, redução de impostos e a saída do país da guerra contra o Império Austro-Húngaro. O ônus material, social e político é elevadíssimo, e milhões de pessoas morrem de fome.

Em fevereiro de 1917, o partido liberal-conservador russo, menchevique, branco, representando a minoria na Duma, alerta para a perspectiva de caos no país. Manifesta uma posição contrária ao governo absolutista do tsar. Pleiteia reformas constitucionais necessárias para tornar o governo imperial mais liberal, ignoradas pelo tsar. Os mencheviques defendem a participação dos trabalhadores nas atividades políticas e são contrários à revolução armada.

A insensibilidade do tsar Nicolau II frente aos apelos populares e da Duma acaba por provocar sua destituição no momento em que ele retorna da frente de batalha para o Palácio Imperial, na capital, surpreendido pelos opositores ao seu governo. O trem em que viajava é interceptado por revolucionários que o obrigam a abdicar do trono. O tsar, sua esposa, suas quatro filhas e o filho caçula, portador de hemofilia, junto com o médico da família, a cozinheira e a camareira, são levados para uma prisão domiciliar, exilados em Ecaterimburgo.

Forma-se um governo provisório, que assume o poder liderado por Kerensky, e dura de julho a outubro de 1917, com o apoio da burguesia das grandes cidades, como Moscou, São Petersburgo, Odessa e Kiev – regiões onde se concentram os grandes investimentos industriais, que recebem influências dos movimentos políticos liberais vindos da França, Alemanha, Inglaterra e Bélgica. Em contrapartida, a esquerda nacionalista russa, os bolcheviques, vermelhos, se revoltam contra esses revolucionários.

Membros simpatizantes dos mencheviques tentam arrombar a loja de Luba. Quebram todos os vidros da vitrine, e três deles entram no prédio e se dirigem ao terceiro andar, um acima do dos Levitsky. Todos os moradores estão no apartamento. Eles se apresentam como membros da polícia política. Entregam um documento, com timbre oficial, que lhes dá o direito de confiscar todos os bens e valores encontrados na casa. Pegam o que querem e vão embora. Deixam a família arrasada, moralmente violentada e sem recursos materiais, tudo em nome da lei.

Luba e Ilya sabem que em breve também serão visitados pela temível polícia política. Tratam de guardar todas as joias e dinheiro em esconderijos espalhados pelas paredes, roupas e armários do apartamento e em lugares seguros fora dali.

Ilya faz algumas viagens para deixar partes dos bens guardados na casa de familiares e de amigos. Ninguém aparece nos dias seguintes. Pior, a cada noite, os fantasmas ameaçam o sono de todos pela possibilidade de que a polícia política bata à porta.

— Mamãe, estou com medo que entrem aqui. Eles vêm pegar a gente? — pergunta Emmatchka, que, nessa noite, urina na cama assustado.

Na noite seguinte, querem dormir no quarto dos pais. Entretanto, o dia temido finalmente chega. Os mencheviques, de uniforme militar, invadem o apartamento e vasculham tudo:

— Quero ver os documentos — diz o oficial que lidera o grupo.

Ilya apresenta os papéis. Após uma rápida olhada, ele grita:

— Seus judeus sionistas, onde está o dinheiro, as joias?

Reviram móveis, armários, fazem ameaças.

— Se gritarem ou tentarem fazer qualquer coisa, eu mato vocês, exploradores do povo russo!

Enquanto um urinava no chão da sala, o outro mantinha-os encostados na parede, apontando-lhes uma arma, e o terceiro, que parecia ter uma patente maior, jogava no chão o que via pela frente.

Ilya, em um momento de inusitada ousadia e coragem, chama o oficial de lado. Conversam por alguns minutos. Caminham juntos até o outro cômodo e depois retornam. O oficial reúne o grupo. Antes de saírem do apartamento, pegam o que querem e se retiram sem molestar ninguém. As crianças estão apavoradas; na verdade, todos estão estarrecidos, mas felizmente ninguém se machucou. É um sinal do que está por acontecer.

Na noite de 16 para 17 de julho, Nicolau II, a tsarina e seus cinco filhos são barbaramente assassinados no porão da casa onde estavam exilados. Os bolcheviques, temerosos das intenções dos mencheviques de resgatar o imperador para devolver-lhe o poder, adotam essa drástica e estratégica decisão. Corre o boato de que foi Lênin o mandante da execução da família imperial, embora não se encontre nenhum documento que comprove essa suspeita.

Em outubro, o partido bolchevique, liderado por Vladimir Lênin, derruba o governo provisório da Duma. Tem início o governo socialista, dominado pelo partido comunista, que não tolera a oposição menchevique. Circulam boatos de que a economia será nacionalizada, concomitantemente a uma forte ação antissemita dos novos governantes.

O medo de o Estado se apoderar dos bens familiares aumenta. Sair à rua está cada vez mais perigoso. As escolas públicas funcionam de forma irregular, e as escolas particulares talvez sejam fechadas e seus bens, arrestados pelo governo. Fimma e Emmatchka permanecem em casa. A loja não funciona com o *glamour* de outrora. Vendem-se apenas guarda-chuvas, e o comércio de bengalas trabalhadas não mais existe. Na verdade, Luba abre ocasionalmente a loja para dar a impressão de que tudo está normal, mas não há praticamente clientes.

— A situação econômica está cada vez mais difícil. Praticamente, nada se vende — diz Luba, enquanto Ilya, sentado no sofá rasgado, cobre o rosto com as mãos.

Depois levanta-se, vai até a janela olhar por trás das cortinas sujas e surradas. Seu olhar distante mais parece querer atravessar as paredes do Palácio Imperial, agora ocupado pela Tcheka

(Tchrezvitcháinaia Komissia), a polícia política e secreta instituída pelo novo governo.

Em dezembro de 1917, Feliks Dzerzhinski, um polonês cristão, substitui a polícia secreta tsarista, a Okhrana, e se torna o chefe do terror soviético.

Sentados na sala, olhar nostálgico voltado para um passado promissor e de sonhos, Ilya e Luba pensam nas perspectivas:

— O que vamos fazer? — pergunta Luba.

Ilya, sentado no que resta da velha poltrona, encurvado para a frente, mãos na cabeça e sem nada falar, parece chorar no interior dos seus sentimentos. Que fazer? Anos de luta, de trabalho, para estar agora sentado diante da pobreza, de uma perspectiva incerta e temerosa. Como será com as crianças?

Espoliado material e moralmente pelas mudanças impostas pelo novo governo, com a farmácia funcionando de forma precária, Ilya pergunta para Luba:

— Tem notícias de seu irmão, Mário? Sabe onde ele está? E o outro?

O silêncio era uma defesa diante do medo da revelação. As paredes podiam ouvir e denunciar. Mário, quando soube que seria convocado para o serviço militar, e diante das perspectivas de guerra, desertou, fugiu para a Polônia, depois para a Alemanha. Em uma das raras cartas recebidas pela família, lida às vésperas do jantar de Rosh Hashaná, início do ano-novo judaico, Mário escreve:

— Estou bem. Sinto falta da família. Aqui chamam isso de saudades. Moro no Brasil, em Recife, estado de Pernambuco. Um país diferente e estranho. Muito alegre. Com muita pobreza. Vivo à beira-mar, diante de uma praia linda e selvagem, porém, acolhedora, onde o sol brilha sempre e faz calor. Uma brisa suave sopra continuamente. *Shana tovah.*

CAPÍTULO 9

Odessa, 1918-1919: a chegada do comunismo

Terminada a Primeira Guerra Mundial, a disputa interna pelo poder prossegue na Rússia, com os bolcheviques no governo. A vida em Odessa se transforma sob o governo comunista. A Grande Guerra, que envolvera os Aliados (Tríplice Entente – Reino Unido, França e Rússia –, além de Sérvia, Bélgica e Estados Unidos, entre outros) e os impérios centrais (os da Tríplice Aliança – Império Alemão, Império Austro-Húngaro e Reino da Itália – e também a Bulgária e o Império Otomano) tinha chegado ao fim. Odessa está devastada. A miséria e a sujeira acumulada revelam o estado de abandono por que passa a cidade. Restam alguns poucos marinheiros, soldados e camponeses perambulando pelas ruas vazias.

Os bolcheviques pleiteiam que todas as forças produtivas do país combatam os inimigos do povo, como os russos brancos – os mencheviques – e as tropas de ocupação estrangeiras, a partir da promulgação das novas medidas políticas e econômicas instituídas pelo comunismo. Novo regime soviético, novas leis impostas pelo comunismo – estas últimas elaboradas por Bukharin e Preobrajenski.

Em 20 de novembro de 1917, a Ucrânia passa a ser a República Nacional da Ucrânia, tornando-se submissa às forças comunistas, que se impõem no país. Passa a integrar a República Socialista Federativa Soviética Russa, que, mais tarde, se transformará em União das Repúblicas Socialistas Soviéticas.

Em Odessa, o antigo palácio da Catarina II perde seu brilho e imponência. Está sujo, e a fachada descascada deixa vislumbrar o estado de abandono em que se encontra. Com os comunistas, voltará a ter vida ativa: instala-se nele o quartel da polícia secreta e política do partido comunista, a terrível Tcheka.

Da janela do apartamento, Ilya e Luba observam discretamente o entra e sai dos caminhões militares pelo portão principal. Ninguém se atreve a caminhar pela calçada do prédio, tomada por barricadas e policiais fortemente armados. A praça central está vazia, sem o movimento de moradores e turistas que costumavam frequentar a região.

A loja já não abre mais. Não há clientes, e não há o que vender. A prefeitura e a polícia cobram altos impostos, na tentativa de equilibrar a receita de um país falido. Multas são aplicadas aos lojistas e outros cidadãos, especialmente aqueles identificados como pertencentes à burguesia e à antiga aristocracia. Usam todo tipo de argumento para justificar a captação de recursos como forma de redistribuição das riquezas e nivelamento da sociedade.

Luba, várias vezes, teve de mostrar os livros de registro, entrada de recursos, pagamentos, propina para inspetores da prefeitura e do Estado, que remexem em tudo à procura de dinheiro, joias e cofres escondidos. Dificilmente deixam de encontrar falhas reais ou inventadas para justificarem as taxações, cujo objetivo é espoliar os parcos recursos remanescentes da burguesia e da aristocracia, agora extintas.

A farmácia funciona precariamente. Ilya trabalha todos os dias, mas a cada vez que precisa sair de casa é tomado pelo medo do que encontrará no caminho e pela incerteza se irá ou não retornar para casa. Há muitas histórias sobre desaparecidos. Fazem um esforço pessoal para aparentar que está tudo bem, apesar dos fantasmas perseguidores, reais ou imaginários, que os acompanham em todos os momentos. Sair para comprar alguma coisa essencial para comer ou manter a casa e a sobrevivência pode gerar suspeitas e denúncias de possíveis encontros subversivos. Faltam mantimentos. Consegue-se comprar pão e batata, às vezes arenque, mas falta tudo, menos o pavor de ser sequestrado, agredido ou morto.

Emmatchka está com quase 11 anos. As aulas estão sendo retomadas, mas a escola não é mais a mesma. Ela tem de seguir a orientação oficial e suspender missas e aulas de religião. Formam-se buracos ociosos na agenda escolar semanal, com repercussões sobre o comportamento das crianças, que agora recebem orientação política com as novas normas impostas pelo governo revolucionário. A irritação das crianças torna-se evidente, comem demais ou não querem comer, outras não conseguem dormir, fazem birras ou se apresentam tristes.

Emmatchka e Fimma dificilmente vão ao *boulevard* para correr e brincar. Não podem ficar parados observando o porto, encostados na mureta do belvedere. Emmatchka tem tido dificuldade para dormir. Fimma, vez por outra, urina na cama e vai assustado ao quarto dos pais. Chora, senta-se na beirada da cama junto à mãe. Abraça-a. Trêmulo, diz estar com muito medo e nela se aconchega à procura de um ninho tranquilo, de um lugar seguro. Ambos questionam os pais:

— Mamãe, que barulho é esse? Não consigo dormir. Será que estou sonhando? Abro os olhos e os gritos continuam. Ouço o ruído de motores, parece ser de caminhões. Às vezes, ouço tiros.

Não sei se são de verdade ou se é da minha imaginação. Passa um tempo, volta o silêncio. Outras vezes, isso se repete duas, três, quatro vezes durante a noite. Várias noites têm sido assim.

— Calma, meu filho. Não é nada. Logo isso vai passar.

— Ouço o barulho de motores de caminhão, motores que ficam ligados durante muito tempo, depois eles param. Tenho muito medo, mamãe. O que eles estão fazendo. Quando vem o silêncio, fico a imaginar muitas coisas ruins. Eles estão matando gente? Tenho medo de que eles irão matar vocês. Estou com medo, mamãe! O que está acontecendo? Por que eles estão matando as pessoas?

Luba chora em silêncio e aperta Emmatchka em seus braços. Braços insuficientes para espantar o pavor da morte que ronda o vazio, ronda o silêncio, ronda, ronda. Estão fuzilando as pessoas, meu Deus!

— Deite aqui, meu filho. Pode ser que você tenha razão. Eles acham que assim vão acabar com os inimigos.

— Mas por que nós seríamos os inimigos? O que estamos fazendo de errado? Fimma também está acordado, mamãe. Ele não consegue dormir, fez xixi na cama e está com medo de vir aqui. Ele está lá chorando.

Luba se levanta e, em seguida, Ilya também. Ninguém mais consegue dormir. Acendem uma pequena lamparina, pois não querem que ninguém da rua perceba que estão acordados. Logo os motores voltam a roncar, e novos estampidos secos ecoam na fria escuridão.

Luba vai ao quarto das crianças tranquilizar Fimma. Pega-o no colo, depois troca seu pijama e volta com ele para o quarto do casal. Abraça os dois meninos, que estão trêmulos. Ambos choram de forma contida, temerosos de fazer barulho e, com isso, chamar a atenção de alguém. Há olhos e ouvidos espalhados por todas as partes, pelo menos na imaginação de todos da família. Sentam-se na cama do casal, enquanto os fantasmas caminham pelas sombras e se manifestam nos estalidos das madeiras secas do piso. Constrangido e também com medo, Ilya dá a volta na cama e todos se abraçam:

— Precisamos arrumar nossas coisas. Já chegou a hora. Temos pouco tempo para pensar e tomar decisões. Vamos sair de Odessa. Não comentem nada com ninguém.

Todos balançam a cabeça, afirmativamente, concordando com o pai.

— Para onde vamos, papai? — pergunta Emmatchka choroso.

— Quando chegar a hora, eu conto para vocês. No momento, temos de manter a calma e fazer de conta que tudo está bem.

Ilya, em suas viagens à Polônia e à Alemanha, prevendo o pior em Odessa, deixara créditos com seus fornecedores locais. Muitos dos objetos da casa já haviam sido confiscados, ou melhor, surrupiados, pelas polícias em nome do povo e do novo governo. Ninguém tem certeza sobre a legalidade dos atos desses civis que se apresentam como policiais. Discutir com eles é se entregar, é suicídio. Ideias tenebrosas passam pela cabeça, para terminar logo com esse sofrimento. Entretanto, pensar na vida das crianças é a energia necessária para superar as dificuldades e aguentar as frequentes humilhações.

— Luba, amanhã irei para a Polônia. Visitarei Berel, em Lvov. Temos algumas reservas em dinheiro e pedras que deixei com ele em outros momentos, prevendo que a situação política poderia se degenerar. Vou sozinho para não chamar a atenção. Fico lá por dois a três dias e retorno. Berel e sua família vão nos ajudar.

— Eu vou com você — diz Luba. — É muito arriscado ir sozinho.

— Não, Lubinha. É melhor você ficar. Precisa cuidar das crianças. É importante dar a impressão de que tudo está normal.

Já arrumei para que a farmácia funcione normalmente. Você abre a loja como vem fazendo nos últimos dias. Fique atenta. A estação ferroviária e as ruas estão cheias de informantes. Quanto mais natural for, menos atenção chamará.

Durante a madrugada seguinte, os motores voltam a roncar, e ouvem-se tiros quase ininterruptamente, revelando a dimensão da tragédia: são inúmeros os fuzilamentos realizados. Ilya coloca os valores que ainda restam em seu poder no forro falso do casaco, preparado para esse fim. Ao amanhecer, quando as crianças ainda dormem, Ilya vai para a estação de trem. Faz muito frio. Está escuro, e há poucas pessoas andando pelas ruas.

O plano básico de fuga da família, motivado pela degradação social e política pela qual está passando, já está organizado. Judeus e não judeus, antevendo as consequências das mudanças impostas pelas autoridades governamentais comunistas contra os empresários, comerciantes, agricultores, exportadores, bancos, agora empobrecidos, estão saindo da cidade. O êxodo de pessoas que deixam Odessa, rumo a outros países, está aumentado. Teme-se que a qualquer momento as fronteiras sejam fechadas. Ainda se consegue viajar com passaportes e outros documentos que autorizam a saída e a entrada nos países vizinhos, registro de residência, carta de identidade, autorização para se deslocar com carimbos atuais.

No encontro com Berel, em Lvov, Ilya acertará os últimos passos a serem dados para a fuga da família. Eles contam com os trabalhos de setores da comunidade judaica encarregados da ajuda aos refugiados, graças às organizações que desenvolvem seus trabalhos secretos em conluio com forças da resistência russa e polonesa, algumas autoridades policiais e com a máfia. Todos se beneficiam financeiramente dessas atividades.

A estação ferroviária de Odessa está repleta de viajantes e de policiais militares e à paisana, membros da polícia política e secreta, infiltrados na massa de viajantes capazes de surpreender a qualquer momento diante de alguma suspeita. Já no trem, apesar do aquecimento, um frio percorre Ilya dos pés à cabeça. Ele se esforça para demonstrar tranquilidade, enquanto observa a paisagem exterior turvada pela chuva e pelo pavor.

Na fronteira com a Polônia, o inspetor do trem solicita os documentos de identidade de Ilya. Olha-o e confronta-o com a foto, devolve os documentos sem nada dizer. Um cansaço enorme toma conta do corpo de Ilya, mas ele não pode esmorecer. É apenas o começo de uma nova etapa. Ilya sente-se vigiado o tempo todo, sem saber definir se tal sensação é fruto de sua imaginação. De qualquer forma, ele está viajando com a finalidade de levar produtos médicos para a Polônia e buscar insumos que estão em falta na farmácia em Odessa.

Berel trabalha na ajuda aos emigrantes. Ele faz de tudo um pouco. É uma espécie de despachante que trabalha com pedras preciosas, medicamentos, arruma os documentos necessários, providencia moradia, analisa as rotas de fuga disponíveis em cada momento. Mantém contatos em vários setores de Lvov e de cidades próximas. Caso não saiba solucionar algum problema, tem a habilidade de ir atrás de quem sabe.

Com a revolução comunista em andamento, a situação está mais drástica do que na época do tsar. É preciso tomar muito cuidado na organização das ações. Ambos se encontram em uma farmácia da cidade, indicada por Ilya, e juntos vão até um bar próximo, cujo dono é da coletividade, para acertar detalhes da fuga:

— Ilya, você precisa imaginar cada movimento a ser tomado. Como vai fazer para deixar a casa acompanhado da família, o que vai levar, o que cada criança aguenta carregar. Distribua o que pode; o resto, abandone. Terá de deixar a cidade sem se despedir dos familiares e amigos. É partir sem volta. É uma decisão difícil, mas permanecer está insuportável.

— É verdade, Berel. Preparar a fuga tem um custo muito elevado. Permanecer é pagar com a vida.

— No final — diz Berel —, tudo dará certo! Deixe tudo pronto. Enviaremos um mensageiro, a qualquer momento, avisando o momento de partir. É preciso cumprir cada etapa com precisão para nada dar errado de um e de outro lado da fronteira. Estamos fazendo os acertos necessários para não levantar qualquer suspeita.

Um valor é acertado. A conversa não dura mais do que alguns poucos minutos.

— Paga-se parte agora e o restante quando vocês estiverem em um lugar seguro — diz Berel. — Certo?

Ambos se abraçam e se despedem.

Mais relaxado, Ilya anda pela cidade populosa, que, após a guerra, volta a pertencer à Polônia, depois de ter sido parte da Ucrânia e da Áustria. Ilya tem alguns conhecidos na cidade, mas prefere não encontrar ninguém. Ao passar diante da sinagoga local resolve entrar, não para rezar, mas movido por algum sentimento estranho, destituído de qualquer razão e fé. Solitário naquele ambiente silencioso, Ilya revê em sua mente o passo a passo para se convencer de que tudo está organizado conforme as instruções recebidas. Agora é só retornar e aguardar o dia a ser determinado. Pode levar dois dias, uma semana ou um mês. Deixara com Berel todos os dados para a confecção dos documentos necessários para a permanência na cidade. Mas algo acontece durante a confecção dos documentos, obrigando Ilya a permanecer em Lvov mais tempo do que havia previsto.

Sem ter como avisar Luba, dormiu em uma pensão próxima da estação de trem. Seu retorno a Odessa irá se atrasar. Os bilhetes de trem para os próximos dias estavam esgotados. Precisou marcar a volta para a semana seguinte. Luba entra em desespero, sem nada saber, nem ter a quem perguntar. Não há como se comunicar, e fazê-lo pode ser muito arriscado, pois os telefones estão censurados; nem desabafar com alguém é possível. Ficar sozinha com as duas crianças, aprisionadas no apartamento, torna-se um martírio. Faz frio, falta comida e não há lenha ou carvão suficientes para o aquecimento. Não há nada a ser feito, não há com quem falar, a não ser conviver com a angústia da incerteza e da impotência. Resta-lhe esperar. Ter paciência. Tentar tranquilizar as crianças e rezar!

As crianças choram, estão irrequietas:

— Quando o papai vai voltar? Eram só dois ou três dias!

— Ele vai voltar, meus queridos. Logo ele estará em casa. Deus vai nos ajudar. Vamos ter paciência. Papai deve estar resolvendo algum problema.

As crianças silenciam, imóveis em um canto do apartamento, que já não tem mais o *glamour* de outras épocas. As paredes estão descascadas, os vidros, quebrados, os móveis são poucos. Fimma está com 9 anos e desenvolveu o hábito de enrolar um pedaço de linha entre os dedos ou o cabelo. Emmatchka está com 11 anos, brinca com pedacinhos de madeira como se fossem soldados em luta, uns matando os outros. Gosta de se entreter com sua coleção de selos. Descer para o pátio ou ir até a confeitaria está arriscado, além do que, o dinheiro precisa ser controlado.

Finalmente, Ilya retorna. Faz um rápido afago na cabeça das crianças, sem nada conversar. Joga-se na cama exausto e chora. Tenta controlar o pranto, as emoções, constrangido de ser visto frágil pelas crianças. É preciso ser forte. Controla o quanto pode suas emoções e tenta engolir o choro. Não quer que as crianças o vejam nesse estado. Um pouco mais aliviado por estar em casa e ver todos bem, Ilya chama Luba no quarto:

— Lubinha, está tudo pronto para partir? Pode ocorrer a qualquer momento. Receberemos uma informação indicando o momento da partida. Não haverá tempo a perder. As trouxas de roupa, uma para cada um, estão prontas? Precisa ser algo que cada um seja capaz de carregar. Precisamos avisar os meninos.

Ilya chama as crianças para perto deles e diz:

— Precisamos deixar tudo arrumado para partir. Peguem o que for importante para vocês e o que aguentam carregar. Temos de levar o essencial. Vamos de trem até próximo da fronteira com a Polônia e, de lá, alguém irá cuidar de nós. Não briguem e não façam barulho. Sejam obedientes.

— Papai, podemos levar algum brinquedo? Um livro? — pergunta Fimma.

— Posso levar meu jogo de xadrez? — pergunta Emmatchka. — E meus selos?

Não levem muitas coisas. Peguem só o que for importante. Talvez a gente tenha de caminhar bastante.

Luba suspende a respiração, temerosa da reação do marido, mas precisa contar-lhe o que aconteceu:

— Ontem estiveram aqui dois homens para dizer que o apartamento foi requisitado pelo governo socialista. Dentro de alguns dias, duas famílias, pelo menos, virão compartilhar o apartamento conosco. O imóvel passou a ser propriedade do Estado. As famílias ocuparão dois cômodos. Precisamos tirar nossas coisas, as poucas que restam, para liberar espaço para eles. O castiçal deixado como lembrança da casa de meus pais, o samovar que ganhamos da sua família e um quadro foram levados. Eles disseram que aquilo fazia parte de um projeto de melhoria de habitação do governo socialista para o povo russo.

Ilya faz um gesto tradicional com a mão direita, gesto de desprezo pelo que acabara de ouvir:

— Mais uma razão para nos apressarmos. São capazes de nos tirarem tudo e de sermos mandados para algum campo na Sibéria ou jogados em um canto, como gado.

— Como vamos fazer, Ilya? Temos alguns objetos da família, deixados pelos meus pais, pelos seus, por nossos avôs. Não penso no valor econômico dos objetos, mas no que representam para nós!

— Eu sei! Eu sei! Resolva como quiser!

— Vamos deixar o que nos resta para estranhos? Móveis, roupas, louças! Isso tudo me parece uma loucura!

— Só sei que temos de estar preparados. Assim que mandarem o aviso, teremos de partir imediatamente, não como fugitivos, mas como viajantes que vão visitar parentes por alguns dias. Precisaremos vestir roupas simples para não chamar a atenção.

— Esses políticos são um bando de imbecis. Só querem os nossos bens, o nosso dinheiro para benefício próprio. E a polícia? Formada por um grupo de corruptos, interesseiros que arrotam defender os interesses do povo. Veja o povo, como está! Estamos todos na miséria. Agora sim há igualdade social, com todo mundo na merda!

— Pxiit, Pxiiit. Fale baixo! — diz Ilya. — Ninguém pode ouvir isso!

Cada um se recolhe em um canto do apartamento.

Luba retoma o fôlego. Chama as crianças e ajuda-as a terminar de preparar a trouxa de roupas que cada um irá levar. Separa algumas fotos dos pais, dos irmãos, das crianças quando pequenas, inclusive uma muito significativa dos meninos, com 4 e 2 anos, vestidos de marinheiro. Há também uma foto das crianças na escola grega, todas sorridentes, com todo o grupo reunido.

— Ilya — diz Luba em voz alta —, estou levando fotos para mostrar para nossa família durante a viagem, inclusive algumas do nosso casamento. Tem alguma em especial que você quer levar?

Sem esperar resposta, ela guarda na mala o que havia selecionado. Pensa que é tudo o que resta como lembrança de suas vidas. Pega um xale preto com flores vermelhas pintadas à mão, aplicadas sobre o tecido de fina seda, que havia ganhado da mãe de Ilya – xale que ela costuma usar nas grandes festas judaicas e em reuniões importantes de família, e cuja origem ela prometeu manter em sigilo para não despertar ciúmes em outros membros da família.

Dias após o retorno de Ilya, um portador entrega um envelope com os bilhetes de trem, marcados para aquela mesma noite.

CAPÍTULO 10

Odessa, 1919-1920: a fuga

Antes de saírem do apartamento, faz-se mais uma revisão dos documentos, confere-se se o essencial havia sido pego. Uma fração do tempo destinou-se ao derradeiro olhar, despedida do espaço onde o casal havia iniciado a vida, onde as crianças haviam nascido e os sonhos, alimentados. Cerca de catorze anos haviam se passado, e uma história estava sendo deixada para trás. Não houve tempo para lágrimas, já esgotadas.

Ilya, mais uma vez, chama a atenção de todos para manterem-se sentados juntos, não se locomoverem pelo trem durante todo o trajeto, apenas para ir ao banheiro, e apenas acompanhados.

— Desembarcaremos em um vilarejo nas imediações de Tarnopol e Rovno. Uma família local estará nos esperando em uma carroça.

Trata-se de uma região que, após o término da Primeira Guerra Mundial, voltara a pertencer à Polônia.

Na estação de trem de Odessa há um amontoado de pessoas aguardando a ordem para embarcar. Emmatchka está fascinado com as labaredas expelidas pela fornalha da locomotiva, algo que ele nunca vira de tão perto:

— Isso não vai pegar fogo, papai? O trem vai explodir?

É sua primeira viagem, e a empolgação com a máquina poderosa disfarça o medo que o menino sente.

Fimma segura a mão da mãe, cabisbaixo, se deixando levar. Sua segurança está neste aperto de mãos; com a outra, segura com firmeza sua trouxa de roupas. Eles a acomodam no respectivo compartimento, acima dos assentos. É o tesouro que resta para cada um deles. Um frio intenso contrasta com um calor estranho que faz transpirar.

A viagem transcorre normalmente, apesar do clima de apreensão. No vagão, percebe-se a presença de militares fortemente armados e de figuras suspeitas, prontas para agir. A inspeção dos documentos ocorre, e nada de anormal acontece. Pela manhã, sonolentos e cansados, chegam ao vilarejo. Logo são identificados pelo casal de camponeses que os aguarda. Cumprimentam-se com abraços e beijos, como se há muito não se vissem, apesar de aquele ser o primeiro encontro. Cada momento ultrapassado é sentido como um ganho de vida.

O casal conduz a família até uma carroça estacionada perto da parada de trem. O cocheiro e sua esposa seguem na boleia, enquanto os viajantes, sentados sobre o feno umedecido pelo orvalho matinal, observam a paisagem. Seguem assim por quase uma hora, em meio a campos orvalhados e brilhantes que refletem a luz dos primeiros raios de sol.

Após muitos sacolejos, chegam a uma choupana circundada por um descampado. Devem permanecer nesse local até que alguém venha apanhá-los para o início de uma nova etapa, a travessia da fronteira – passo muito delicado, uma vez que envolve policiais e autoridades dos dois lados da fronteira.

Ao chegarem à choupana, percebe-se que Luba arde em febre. O casal dá orientações sobre onde encontrar água e comida. Um pouco de pão, batatas, chá e geleia estão disponíveis para eles. Mantimentos para quantos dias? Não se sabe. Logo se despedem, e Ilya lhes dá uma gratificação.

Na choupana há um fogareiro a lenha, uma cama forrada de feno, uma mesinha com duas cadeiras. Ilya encontra pedaços de gelo retirados do rio próximo e guardados embaixo da construção. O gelo será derretido para preparar um chá e fazer compressas para baixar a febre de Luba.

Nos dias seguintes, Emmatchka e Fimma brincam ao redor do casebre. Quebram o gelo para fazer compressas para a mãe e para a comida. Pouco a pouco, Luba se recupera. Talvez o estresse da viagem e o frio da manhã a tivessem deixado febril. Os garotos exploram os arredores e se distraem subindo em árvores. Descobrem uma ou outra fruta retardatária nas ameixeiras e macieiras espalhadas pela redondeza. Não há nada para se fazer, a não ser esperar. Ter paciência e acreditar que, no final, tudo dará certo.

O dia está frio e ensolarado. Emmatchka encontra uma maçã e se delicia, sentado no degrau da choupana. Admira a vastidão do campo, os pontos de gelo que derretem em gotículas brilhantes, pingando dos troncos das árvores com o calor do sol. Perdido em pensamentos, tenta imaginar o que será do seu futuro.

No caminho até a choupana, o cocheiro mencionara uma feira semanal no vilarejo distante poucos quilômetros dali. É a ocasião em que camponeses vindos de várias regiões se reúnem para trocar mercadorias. Muitos cruzam a fronteira entre a Polônia e a Rússia para vender seus produtos e comprar o que necessitam. Confecções, legumes, geleias, frutas, carnes, aves, panelas, móveis de madeira ou de ferro, consertos de roupas, sapateiro, barbeiro são encontrados ali nesse dia.

Muitos aproveitam para trocar a ferradura dos cavalos, comprar e trocar animais, arrumar a roda das carroças:

— Nesse dia bem cedo, virei buscá-los para levá-los à feira. Todos devem estar vestidos com roupa de camponês e trazer a sua trouxa.

O cocheiro vem com uma outra carroça, mais longa e com muito feno no seu interior. No percurso, um camponês pede carona e o cocheiro não hesita em oferecer lugar para o desconhecido, ao seu lado, na boleia. Não é possível negar uma gentileza. Todos se calam, receosos do estranho que se integrou ao grupo.

Na feira há muita gente e barulho. Parece uma festa. Uns falam, outros gritam, riem, se abraçam, examinam os produtos, pechincham, uma realidade distante da de Odessa. Passadas algumas horas, familiarizados com o ambiente, Emmatchka e Fimma afastam-se dos pais. Sentem, por algum tempo, o sabor da liberdade.

Quando começa a escurecer, Ilya e Luba chamam os meninos. Avisa-os que, logo mais, será feita a travessia da fronteira. Todos ficam em silêncio, reunidos em um canto, aguardando a ordem de subir na carroça.

A noite fria avança, e a neve começava a cair. Surpresos, os meninos descobrem que não estão sozinhos. Cerca de trinta ou quarenta pessoas estão próximas das carroças. O movimento faz crer que partirão em caravana. São carroças grandes, semelhantes àquelas que haviam visto em Odessa, coletando cadáveres pelas ruas da cidade:

— Toda esta gente vai viajar? — pergunta Fimma, com ar de apreensão.

Emmatchka interroga a mãe com os olhos cheios de dúvidas. Conseguirão atravessar a fronteira no meio de tanta gente? Silenciosamente, o olhar de Luba responde com esperança e um afago na cabeça:

— Papai organizou. Tudo vai dar certo!

Únicas palavras possíveis de serem ditas naquele momento. Acreditar é preciso.

O grupo recebe orientação para subir em fila na carroça. Todos devem permanecer deitados sobre o feno, em absoluto silêncio. Uma lona é estendida de modo a cobrir a extensão da carroça, enquanto os corpos se acomodam na escuridão. O ar começa a ficar pesado, e a respiração se torna mais difícil. O fedor e a perspectiva das dificuldades a serem enfrentadas aumentam.

Em pouco tempo, a neve cobre de branco a superfície da lona, e o calor dos corpos colados uns aos outros atenua o frio. Durante o percurso, um ou outro se mexe, pigarreia, tosse. Ao se aproximarem da fronteira, ouvem as vozes dos policiais, que falam aos gritos, e o latido dos cães pastores-alemães responsáveis pela vigilância.

Vozes e latidos estão cada vez mais próximos, quando Emmatchka tem um acesso de tosse. Luba aperta-lhe o braço para ver se ele para. Mas o ataque é incontrolável. A carroça avança um pouco mais e para. Nova tensão e expectativa. Por que parou? Parece que o mundo vai acabar. O tormento dura minutos eternos. A carroça volta a andar e para novamente. Uma sentinela manda chamar o comandante de plantão. Há uma conversa rápida e um grito:

— Deixe a carroça passar!

As vozes e os latidos aos poucos silenciam, enquanto a carroça prossegue dentro da noite escura, até parar. Novo momento de angústia. O alívio surge com a retirada da lona e a possibilidade de se respirar livremente. O ar frio da noite segue seu destino, abre os pulmões, e nos lábios surge um sorriso que dura até o novo amanhecer.

Ilya, Luba e os meninos descem em um determinado ponto a partir do qual devem prosseguir sozinhos num percurso a pé, enquanto a carroça segue seu destino. Com um rascunho de mapa à mão, Ilya e sua família seguem o trajeto indicado até alcançarem um moinho de vento. Devem pernoitar aí. Pela manhã, outro camponês virá com uma carroça levá-los à estação de trem, em direção a Rovno. Nessa cidade, uma família judia estará na estação à espera deles.

Cansados, sujos, malcheirosos e com coceiras que se espalham pelo corpo, em especial as crianças, que não param de coçar a cabeça, eles são levados para a nova moradia.

Ilya examina-os e descobre que estão infestados de piolho e de outras porcarias de pele, devido à sujeira e ao contato próximo com o feno e com as outras pessoas. O que mais desejam é tomar um bom banho e estar em um lugar seguro. Eles vão morar, inicialmente, com essa família em Rovno até que Ilya encontre alguma atividade e possa alugar um espaço maior. Ilya acredita que, com seus conhecimentos de farmácia, encontrará pelo menos algum bico para se manter por algum tempo, até que tenha mais clareza sobre o que irão fazer. Assim, poderão amenizar as despesas e pensar como e onde organizarão a vida de forma mais estável. A moradia é próxima da estação de trem, em um prédio onde há várias famílias judias. Eles são acomodados em um quarto, e no fundo do corredor há um banheiro coletivo. Ilya está feliz, pois as soluções estão acontecendo conforme combinara com Berel, em Lvov.

Emmatchka e Fimma estão impacientes, se provocam o tempo todo. A tosse de Emmatchka parece que veio para ficar. Os acessos se repetem a cada novo momento de tensão familiar. Luba está esgotada, sem recursos para manter sua autoridade. Tenta se impor, mas tudo termina em brigas.

Ilya e Luba começam a pensar onde se instalar para terem melhores condições de vida. Mas, na terceira noite, o dono da casa bate na porta do quarto e chama por Ilya:

— Traga os seus documentos e venha comigo. A polícia está esperando na entrada do prédio.

Ilya, rapidamente, pega os papéis da família e acompanha o senhorio. Após uma rápida conversa com o comandante da patrulha, Ilya retorna ao cômodo, pega alguma coisa em sua trouxa e ordena:

— Emmatchka, Fimma, rápido, deitem juntos na cama e fechem os olhos. Façam como se estivessem dormindo. Luba, ponha o casaco e esconda-se debaixo da cama. Só saiam quando eu avisar.

Ilya volta para a entrada do prédio e logo retorna ao cômodo, acompanhado dos policiais, que fazem uma busca. Reviram tudo. Abrem as trouxas de roupa e espalham tudo pelo chão. Tiram utensílios do armário. Um deles descobre algo para comer e grita pelos colegas, convidando-os para acompanhá-lo. Falam em voz alta e se divertem. Deitadas, as crianças fingem dormir. Eles as olham rapidamente e então partem, sem se preocupar em olhar debaixo da cama. Luba está ali, deitada em silêncio, trêmula e sufocada pela angústia, vestida com o casaco que serve de esconderijo para as joias que trouxeram no forro falso do casaco. A *blitz* foi rápida e tumultuada. Ninguém sabe se isso foi combinado, se foi sorte ou se Deus esteve presente. Um milagre? Resposta que ninguém terá.

No silêncio da noite, depois que tudo foi posto no lugar, as crianças, deitadas no chão, não conseguem dormir:

— Acho que tivemos sorte — diz Emmatchka. — Que bagunça eles fizeram!

— Eu acho que foi combinado — responde Fimma. — Papai sabia que isso poderia acontecer. Rápido ele soube o que a gente tinha de fazer. Ele deve ter dado alguma coisa para os policiais, mas eu não vou perguntar isso para ele. A possibilidade de denúncias é um fato evidente, e a descoberta de que os vistos de permanência são provisórios é uma novidade.

Diante das incertezas e do sentimento de insegurança cada vez mais presentes, agravados pelas dificuldades de encontro de um trabalho fixo e dos custos para alugar uma moradia melhor, mais espaçosa, eles resolvem se transferir para Lvov.[1] Na viagem, são interpelados por inspetores à paisana. Felizmente, todos os papéis são considerados legais e em ordem – o que não estava em ordem eram as fantasias de que a qualquer momento algo de ruim poderia acontecer. Essa é uma nuvem negra que os acompanha. Quando tudo parece estar bem, pensamentos negativos surgem, como se fosse impossível acreditar que, realmente, no final, tudo dará certo e que se sentir bem é possível.

---

[1] Lviv, Lwów, Leópolis ou Lemberg é uma cidade do oeste da Ucrânia, perto da fronteira com a Polônia. Fundada em 1256 pelo duque da Rutênia, passou para soberania polonesa em 1340, austríaca em 1772, de novo polonesa em 1919 e ucraniana em 1939. Durante o domínio austríaco, era conhecida como Lemberg.

CAPÍTULO 11

Lvov, 1921

Terminada a Primeira Guerra Mundial, com o armistício assinado em 1918, seguido do Tratado de Versalhes, concluído em 1919, a Polônia resgata sua independência e organiza a Segunda República Polonesa. Novas fronteiras são fixadas. Lvov, que já havia pertencido ao Império Austro-Húngaro, deixa de pertencer à Ucrânia e passa a integrar a Polônia. Em agosto de 1919, com a ascensão do comunismo, o governo soviético prende muitos rabinos, dissolve propriedades, sinagogas, e a comunidade judaica se vê acuada e desamparada.

— Por que você quis vir para Lvov, Ilya, se o ambiente para os judeus é tão ruim ou pior do que em Rovno?

— Em Lvov temos mais conhecidos que poderão nos ajudar. Seremos judeus em qualquer parte da Europa, disso a gente não se livra.

Luba engole aquelas palavras em silêncio. Mas, eu seu íntimo, há dúvidas se aquela justificativa faz sentido. O fato é que estão chegando na cidade e terão de se adaptar do jeito que for possível.

Da estação de trem de Lemberg, vão para um endereço que Ilya mantém guardado em um pedacinho de papel, escondido dentro do sapato. Trata-se de um local indicado pelo movimento de defesa da comunidade judaica que acolhe e direciona os refugiados ucranianos e russos. Essa organização é coordenada por pessoas incógnitas, que trabalham para sobreviver e se arriscam salvando vidas, com a missão bíblica de ajudar ao próximo, por caridade (*tsedaka*).

No endereço indicado, os Levitsky aguardam impacientes a chegada do responsável por encaminhá-los a uma moradia provisória, nas imediações do centro comercial da cidade. É um lugar habitado por muitos judeus que se dedicam a atividades comerciais, têm lojas, escritórios. Há também um centro comunitário.

Ilya dá uma contribuição generosa ao colaborador voluntário, que recusa o presente, mas acaba por aceitar com muita satisfação. A sós na nova casa, uma sensação de alívio, de liberdade, de relaxamento toma conta de todos. Agora, eles têm onde morar de forma simples, mas decente. São dois quartos, sala, cozinha e banheiro localizado fora da casa, em um pequeno quintal.

Os meninos correm para se jogar na cama, mas Luba ordena:

— Tomar banho! De água quente! Meninos, não façam muita bagunça e não desperdicem água.

A euforia das crianças é nítida. Começa uma briga para ver quem será o primeiro. O sentimento ou a ilusão de liberdade contagia a todos. Exausta, Luba faz questão de esfregá-los, não só para tirar a sujeira, mas para extirpar do corpo as más lembranças vividas desde que deixaram Odessa.

Ilya também participa do meticuloso trabalho de inspeção da cabeça aos pés de Emmatchka e Fimma, à procura de piolhos, pois eles não param de se coçar. As roupas são lavadas, fervidas e penduradas com a ajuda das crianças, que se divertem, provocando um ao outro. Luba contém sua irritação, pois não vê a hora de tomar o seu banho.

Ilya, silencioso em uma cadeira colocada em um canto da sala, ao lado de uma mesinha de madeira, perde-se em pensamentos, rememorando cada fase da longa travessia. Murmura uma prece silenciosa de gratidão por terem vencido mais uma etapa sãos e salvos. Não consegue pensar nas incertezas do amanhã.

As crianças comem e vão se deitar. Na cama, Emmatchka e Fimma riem da entrada dos policiais no quarto em Rovno:

— Você viu a cara daquele gordo? — diz Fimma, às gargalhadas.

— Eu vi — responde Emmatchka. — E aquele outro todo desengonçado? Parecia um palhaço, nem sabia o que devia fazer.

São lembranças que carregam com sabor de vitória, enquanto tentam se acalmar até o sono chegar.

Luba e Ilya se banham, trocam de roupa e sentam-se ao redor da pequena mesa para tomar chá preto bem quente e forte, com pão de centeio e manteiga fresca. Comentam as emoções vividas durante a viagem. Um silêncio prolongado entre as frases faz pensar nas reflexões não faladas, na importância do não dito carregado de medo e apreensão. A ansiedade quanto ao futuro está sempre presente e turva o momento. Entretanto, mais relaxados, ambos vão para o quarto. Luba se aconchega nos braços de Ilya e, pela primeira vez, desde que deixaram Odessa, ela se permite chorar. Ele a envolve com ternura, em um abraço firme e aconchegante. Chama-a de Lubinha querida. O abraço eletriza os corpos, que se reconhecem. Eles se beijam e fazem amor com um sabor de aventura. Vem o cansaço, um relaxamento gostoso, e ficam unidos até que o sono tome conta deles, em um momento de reverência à vida, energizados por afetos de esperança e cumplicidade.

Após alguns dias, uma pequena rotina começa a se estabelecer. Ilya sai para comprar jornal com o inseparável cigarro que está deixando seus dedos e a barba amarelecidos. Passa grande parte do dia fora de casa para fazer contatos, tentar realizar negócios, em busca de oportunidades de trabalho. O destino de suas vidas é uma incógnita. O importante é que estão a salvo das perseguições comunistas que arrestaram seus bens, propriedades, tudo o que construíram e herdaram dos pais. A fuga os fez sair de Odessa sem se despedir dos familiares, sem saber o paradeiro deles. Todos estão ameaçados, sofrendo os impactos do governo bolchevique que instituiu a nova política econômica e social. Os novos donos do poder agem com violência, sob a alegação de defender os interesses do povo, do poder popular, de forma ainda mais agressiva e cruel do que no período imperial.

Nos dias seguintes, Luba explora as redondezas. Descobre a mercearia, o açougue, a padaria e a farmácia. Há uma sensação de estranhamento, de perseguição contínua – imaginária ou real, nunca se sabe. Próximo da casa, há uma feira semanal. Muitos para lá se dirigem para fazer as compras do dia. Vende-se de tudo, de sapatos e botas até botões e vassouras. Ela precisa comprar comida e roupas. É necessário construir uma outra realidade. As crianças, nos primeiros dias, saem na companhia dela, mas logo sentem-se desejosos de explorar a cidade e seus becos. Após alguns dias, Emmatchka e Fimma, mais seguros de si, querem andar sozinhos pelas ruas como faziam em Odessa; só que agora não há mar nem belvedere onde possam correr e observar o movimento do porto.

Muitos judeus moram na região onde a família Levitsky está hospedada. É, também, o bairro onde fica a sede de uma das instituições sociais da comunidade judaica de ajuda aos imigrantes e refugiados. Cada vez que as crianças saem, ouvem de Luba mil recomendações para não conversarem com ninguém nem aceitarem nada de estranhos. Precaução e temor acompanham a vida deles nesses tempos difíceis, especialmente em relação às crianças, que estão entrando na puberdade. Cheias de curiosidades e de vontades, são capazes de transgredir as regras de segurança ditadas pelos pais.

Lvov vive resquícios das tensões da guerra russo-polonesa, terminada em março daquele mesmo ano, 1921, com a assinatura do Tratado de Paz de Riga. Os comunistas liderados por Lênin, desejosos de ampliar sua influência na Europa Central, foram derrotados e expulsos da região pelo exército polonês, com a ajuda dos ucranianos. A derrocada soviética, iniciada com a batalha de Varsóvia, terminara em agosto do ano anterior, 1920.

Lvov é uma cidade bonita, elegante, desenvolvida, industrializada, de elevado nível cultural e universitário, com muitas praças arborizadas. Possui uma comunidade judaica populosa. O antissemitismo persiste, apesar das medidas temporárias tomadas pelas autoridades, por força de pressões internacionais, para a integração dos judeus.

Lvov carrega na lembrança ter sido o palco de um terrível *pogrom* ocorrido em 1918, ainda sob domínio ucraniano, cometido por soldados poloneses. Sente-se no ar a hostilidade aos judeus, apesar das aparências de tolerância recíproca.

A cidade é atraente para jovens audaciosos, ávidos por aventuras para descobri-la em suas intimidades. Fimma, mais atirado do que Emmatchka, descobre que próximo de onde vivem há um cinema com sessões vespertinas, até mesmo duplas em certos dias da semana:

— Vamos lá, Emmachka! — diz Fimma. — A mamãe nem vai saber. A gente pede um dinheirinho, diz que vai dar uma volta e aproveita para ir ao cinema. Vamos?

Emmatchka, mais reservado, obediente e responsável, reage negativamente. No final, acaba por concordar com o irmão, sob a condição de falarem primeiro com a mãe:

— Nosso dinheiro não dá para pagar as entradas — diz ele.

— A gente pega um pouco daquele dinheiro que fica guardado dentro da chaleira. A mamãe nem vai perceber.

— Não, assim eu não quero. Vamos pedir para ela.

Fimma insiste tanto que Emmatchka acaba concordando. Tomado de remorso, porém, conta para a mãe a traquinagem cometida assim que voltam do cinema. Luba faz cara de brava e pede a eles que, da próxima vez, avisem antes de pegar o dinheiro, que pode fazer falta.

Ilya encontra Berel com frequência, na expectativa de que ele o ajude a encontrar trabalho. Acaba por descobrir uma oportunidade na farmácia de um patrício judeu, que o aceita na condição de aprendiz. Sua primeira reação é dizer não, mas, prontamente, resigna-se e aceita a proposta, apesar dos anos de experiência conquistados na farmácia em Odessa.

Num dos encontros com Berel, Ilya pede a indicação de um *moré*, professor de hebraico, pois em julho próximo Emmatchka completará 13 anos. Ele precisa se preparar para o seu *bar mitzvah*. Alguns sinais da puberdade começam a se manifestar em seu corpo e comportamento. Após certa relutância, Emmatchka concorda em ir à casa do *moré* Jacob para ter sua primeira aula de hebraico. Ilya o acompanha. Batem na porta várias vezes e, quando já estão quase desistindo, aparece um homem velho, barbudo, de roupa surrada e cheirando a cebola. Ele conversa rapidamente com Ilya, que põe a mão no bolso e coloca algumas moedas na mão do professor. Este confere o valor recebido e, satisfeito, empurra o garoto para o interior da casa, sem dar maiores atenções ao pai do menino.

— Sente aí — diz para Emmatchka, que está assustado com a figura do velho e a situação inusitada. — Sabe hebraico? Conhece letras em hebraico?

— Não.

— Fala iídiche?

— Não.

— Que tipo de judeu você é? Não fala iídiche, nem hebraico? Você é *goim*!

Emmatchka está rígido, em silêncio, pronto para a próxima investida do professor. Mas Jacob sai da sala. Tomado por uma vontade imensa de urinar, o garoto se contorce à espera do homem, que retorna alguns minutos depois carregando uma espécie de bolsa de veludo vermelho, com um pano branco e faixas pretas com uma porção de fiozinhos pendurados. Na outra mão, segura um estojo com dois cubos de couro, cada um deles revestido por uma capa que protege o que está em seu interior. Dos cubos saem uma longa tira de couro.

— Você coloca um desses cubos na cabeça — diz Jacob, apontando para a caixinha —, e o outro, vai enrolar no braço esquerdo. Eu mostro como é. Depois você faz sozinho.

Emmatchka está cada vez mais apavorado, e a vontade de urinar só aumenta, a ponto de quase fazer xixi nas calças. Diante do desespero, cria coragem e acaba pedindo para ir ao banheiro, para desagrado do mestre. Ao voltar do banheiro, localizado fora da casa, depois de ter urinado em um buraco fétido no chão, cheio de moscas zunindo, volta para a aula, um mundo estranho, cheio de mistérios assustadores. O professor manda-o tirar da bolsa de veludo vermelho o pano branco de seda, todo ornamentado nas bordas, com arremates trançados, e diz para o garoto:

— Beije o *tallit* — e aponta para o menino apavorado. — Agora coloque-o sobre os ombros.

Emmatchka olha para o professor com cara de quem não sabe por onde começar. O professor, irritado com a ignorância do menino, manda Emmathcka repetir algumas palavras em hebraico:

— Isto se chama *tallit*, é um manto sagrado que se coloca sobre os ombros para lembrar os mandamentos da Torah.

O garoto se curva diante do peso moral do que aquilo representa e se deixa cobrir. Mudo e teso, Emmatchka é acometido por novo acesso de tosse, similar ao que teve na carroça durante a travessia da fronteira. Tenta se controlar, sem sucesso, enquanto o professor explica que os fios que saem do *tallit* chamam-se *tzitzit*:

— Eles são os 613 mandamentos. Sua função é lembrar do que é permitido e proibido na Torah. O que um judeu pode e não pode fazer.

Emmatchka se apavora, achando que deveria saber os 613 mandamentos. Imagina que irá para o inferno diante de sua total ignorância. O professor prossegue:

— Retire os filactérios, *tefilin*, do estojo de couro. Ponha-os na cabeça. São para lhe proteger.

Sem saber qual das caixinhas deve colocar na cabeça, Emmatchka se atrapalha. Olha para o *moré* em busca de novo socorro. Jacob está irritado, e sua ira se eleva. Ele tira a caixinha das mãos do menino e coloca-a na cabeça dele, enquanto Emmatchka fica paralisado de medo da figura à sua frente. O velho barbudo pega a segunda caixinha e manda Emmatchka abrir o braço esquerdo. Ajusta a tira de couro de modo que ela fique firme na parte interna do braço, próximo ao coração, e enrola as tiras de couro com pressão e precisão, desde o braço até a mão esquerda, de tal forma que a tira dá voltas na mão e nos dedos.

— Agora, aperte a caixinha forte no peito, diz o professor com severidade.

Emmatchka não consegue ouvir o professor. Quer sair novamente para urinar, mas não tem coragem de pedir. Arrisca:

— *Moré* para que serve isto? — indica com a mão os filactérios.

E ouve uma pronta resposta:

— Não é da sua conta — diz o professor ranzinza.

A aula parece durar uma eternidade. Tudo é novo para Emmatchka, que nunca tinha entrado em contato com aquelas coisas. No final da aula, reencontra o pai na porta da casa do professor, que lhe pergunta entusiasmado:

— E aí, Emmatchka? Como foi a aula? Gostou?

— Não. Não volto mais aqui! Não quero fazer esse negócio de *bar mitzvah*. Não adianta insistir. Não vou pôr na cabeça esse negócio que não sei o que é, nem pra que serve. Perguntei o que tem dentro e ele disse que não é da minha conta. Então, não vou colocar e pronto.

Ilya, desconcertado, tenta tranquilizar o menino, que se nega a conversar a respeito. Em casa, Luba fala com Emmatchka sobre a importância daquele momento para sua vida. O que significa subir à Torah, que ele está se tornando um homem adulto com responsabilidades. Nada o convence. O final de julho se aproxima, e, graças a um acordo com os pais, Emmatchka aceita ir à sinagoga para cumprir o rito de passagem para a vida adulta. Luba diz ao filho:

— Você vai cedo à sinagoga, Emmatchka, durante a reza da manhã, coloca apenas o *tallit* e a *kipá*. Na hora indicada, alguém vai avisar o trecho da Torah que você deverá ler. É uma reza de uma linha, o *Shemá Israel*, a prece mais importante do judaísmo, escrita em russo e que reproduz o som do hebraico.

Ela passa a mão na cabeça dele e, finalmente, Emmatchka concorda, para alívio e felicidade de todos. Ela o abraça, e ele fica orgulhoso de si mesmo.

Como presente de *bar mitzvah*, Emmatchka ganha bilhetes para sessões duplas de cinema, programa de que desfruta na companhia de Fimma. Das várias vezes que foram ao cinema, uma deixou marcas. Foram vestidos com a roupa escolar e casacão de frio. Num dado momento, o vigilante do cinema, sem dar explicações, os colocou para fora da sessão. A vontade de reagir foi brecada pelo medo; a prudência falou mais alto. Revoltados, sem compreender o ocorrido, os dois retornaram frustrados para casa.

— Será que ele desconfiou que éramos judeus ou ucranianos? — indaga Fimma.

Sem encontrar resposta, Emmatchka se defende:

— Não sei. Não estávamos fazendo barulho. Só porque demos algumas risadas!

Mais tarde, ficam sabendo que foram postos para fora do cinema, pois desconfiaram que eles estavam cabulando aula. A frequência à escola era tão incerta quanto querer adivinhar o que seria do dia de amanhã, uma forma de ocupar o tempo marcado pelas incertezas.

As manifestações da adolescência se fazem presentes em Emmathcka: espinhas surgem no rosto e no corpo, assim como alguns abcessos dolorosos. Ele é levado ao médico devido a um furúnculo que cresceu em seu braço. O médico, um judeu, sugere uma pequena cirurgia para abrir o tumor. Após o ato cirúrgico, ele cobra e recomenda que o paciente retorne depois de alguns dias, para avaliar a evolução e trocar o curativo. Na consulta de retorno, o médico volta a cobrar. Emmatchka reage furioso, indignado com aquela atitude que, em sua opinião, é injusta:

— Ele não deveria cobrar outra consulta. Ele quer explorar meus pais.

Está difícil para Ilya se estabelecer em Lvov. Tanto ele como Luba não conseguem arrumar um trabalho contínuo. A situação econômica da família é precária, a vida nessa cidade também não está fácil. Contam com apoio comunitário local e, vez por outra, vendem uma joia ou pedra preciosa guardada para esse fim. Os recursos estão diminuindo. Inseguros, perguntam-se se devem ou não sair da Europa. Pensam em se transferir para Varsóvia, mas, como judeus, a probabilidade de obterem autorização legal é pequena.

— Não era essa a vida que eu estava pretendendo e não vejo futuro por aqui — diz Ilya.

— É verdade — concordou Luba. — Estamos sempre nos sentindo como fugitivos, desterrados, sem raízes. Estou com medo. Medo, palavra sempre presente. Presente ameaçador de um futuro marcado pelo passado tenebroso, perdas, mortes e destruição. Não estou aguentando esse tipo de vida, Ilya.

— Eu sei Lubinha. Também estou preocupado com a nossa situação. Não nos sentimos seguros. As crianças estão inquietas, sem rotina. Eu não consigo trabalho. Vendi um brilhante. Isso dá para a gente sobreviver por algum tempo, mas não é minha profissão. Visitei várias farmácias. Ninguém tem interesse em ter um funcionário a mais. Permanecer como eterno aprendiz é romântico, mas não leva a nada. Não posso ter o meu próprio negócio. Parece que eles têm medo da gente. Afinal, sabem que não somos daqui. Pensar em trabalhar na farmácia de um polonês cristão, nem pensar; é ser eternamente hostilizado. Na coletividade está difícil, todos se queixam. Acho melhor pensarmos em ir para outro lugar.

— Cuido da casa como posso, lavo a roupa, preparo a comida, tudo improvisado e sem perspectivas de estabilidade. Não é uma queixa, mas não é esse o sonho de minha vida. Gostaria de estar em um lugar onde fôssemos respeitados, considerados como qualquer pessoa. Onde as crianças pudessem estudar, se formar para serem alguém na vida. Os meninos não têm escola, nem amigos. Ficam andando por aí, jogam bola na rua, sem rumo. Não pertencemos a nada nem dentro, nem fora da comunidade. A imprevisibilidade gera tristeza, rouba energia de vida, consome a criatividade. Procuro ensinar algumas coisas para os meninos, mas, no fundo, nem eles, nem eu estamos verdadeiramente motivados. Vive-se apenas o agora. Não se estabelece uma rotina promissora. Não consigo dormir. Estou preocupada com nosso futuro, com o futuro das crianças nesta vida errante.

— Um amigo de Berel me indicou um lugar mais econômico e seguro para morar. É uma espécie de *datcha* — diz Ilya. — É uma casa feita de tábuas largas de madeira escura, sobrepostas umas às outras, construída sobre pilotis e com uma pequena escada na frente para se alcançar o seu interior. O chão é de madeira e na parte da cozinha há o fogão a lenha. O inverno ainda não chegou, mas a casa parece ser bem quentinha. Na parte de trás e ao seu redor há árvores frutíferas, macieiras e ameixeiras. Nos fundos, um cubículo com uma fossa serve de banheiro. No vão existente debaixo da casa estão guardados instrumentos de trabalho: foice, pás, ancinho, enxada, carrinho para carregar terra e feno. Ao redor da casa está a floresta cheia de pássaros e de mistérios. O nome exato do vilarejo está difícil de lembrar.

É algo como Wijziec para onde se deslocam. Porém, após pouco tempo surge nova inquietação devido à falta de perspectivas nessa localidade.

— Por que não vamos para Berlim? — pergunta Fimma. — Aqui é bom para passar férias, nada mais. Berlim deve ser mais interessante. É uma cidade grande.

— Eu gosto de viver aqui — diz Emmatchka. — Podemos correr, brincar, subir em árvores, comer frutas, pescar, ir à estação ferroviária, que é pertinho de casa. Dá para ir a pé. Adoro ver as locomotivas que chegam e partem, observar o movimento das pessoas, cada uma com um jeito diferente da outra. Um dia, fui com Fimma à estação ver aquelas locomotivas urrando, soltando fumaça, caldeiras com bocas de fogo expelindo labaredas, fazendo aqueles monstros andarem. Passeávamos pela estação e vimos um cachorro esfomeado, andando pelos trilhos à procura de restos de comida jogados pelos passageiros. O trem se aproxima, apita. Apita novamente! Mais uma vez! O cachorro prossegue farejando o chão ao longo dos trilhos, desesperado, surdo aos apitos. Cada migalha que encontrava devia ser um momento a mais de vida. O maquinista freia aquele gigante que vai parar quarenta, cinquenta metros à frente após ter passado por cima do animal, que se contorce e guincha em dores até se apagar lentamente. Vísceras e sangue se espalham ao seu redor. Sofri muito vendo aquilo. Lembrei-me de Odessa, das pessoas que vi mortas de fome ou pela brutalidade nas ruas, esquecidas, à espera das carroças que em algum momento viriam recolher os corpos. O medo de morrer, de ser atingido pelo perigo não me abandona. Vivo com a sensação de que qualquer descuido pode colocar nossas vidas em perigo.

— A vida em Berlim pode ser mais interessante, mas também é arriscada — diz Ilya. — Não deve ser fácil se estabelecer por lá. Não temos capital suficiente para começarmos um novo negócio. Não sei se nós nos acostumaremos a ser empregados de alguém; sempre fomos donos dos nossos próprios negócios. As poucas experiências de emprego como imigrantes não deram bons resultados.

— Por que não saímos da Europa? — questiona Luba. — Vamos para a América. A vida lá deve ser mais fácil. Meu irmão Mário está no Brasil há exatamente dez anos. Não temos notícias dele, mas, até onde sabemos, parece que ele está gostando de morar naquele lugar. Muitos estão indo para os Estados Unidos, para a Argentina. Está difícil vivermos errantes, nesse clima de incertezas, guerras e perseguições. Insatisfações com o tsar, a guerra contra o Japão, a loucura da Guerra Mundial, o assassinato do tsar, a luta entre mencheviques e bolcheviques, o domínio dos socialistas, o início do comunismo, a revolta entre russos e poloneses, nem sei mais o quê. Sem falar no antissemitismo. Ora Odessa é da Ucrânia, ora pertence à Rússia. É como em Lvov, ninguém se entende, ora pertence ao Império Austro-Húngaro, ora à Ucrânia, à Polônia, um verdadeiro *mish-mash*, confusão. Um bando de políticos que só pensa em poder e violência. O mundo está *michiguene cop*, louco da cabeça. Vamos embora daqui, Ilya. Para mim, chega!

— Faz tempo que não temos notícias do Mário. Com a guerra, talvez as cartas não tenham chegado aos seus destinos. A Cruz Vermelha pode nos ajudar. As organizações judaicas também. Acho que devemos tentar ir por esse caminho — concorda Ilya.

— Ele deve estar no Brasil. Até onde sei, gostou de uma cidade chamada Recife, onde há um núcleo de judeus descendentes de holandeses e de portugueses. Ouvi que muitos judeus ucranianos foram para lá. Na última carta, Mário dizia que o clima era quente, ensolarado, com praias lindas, como as que você tanto gosta. É um local pobre, de cultura diferente da nossa, mas vive-se em paz, não há guerras. Só isso já me parece suficiente.

— Pode ser bom, Lubinha. Vamos tentar a Alemanha, Berlim, antes de realizarmos uma aventura desse tamanho. De qualquer forma, em Berlim deve ser mais fácil tratar da emigração. Teremos de arrumar papéis, pedir vistos de entrada; um monte de burocracia até conseguir condições para sair da Europa e entrar no Brasil. Tenho, ainda, alguma esperança de conseguir reorganizar nossa vida em Berlim. Após a guerra, muita coisa se pode fazer com a reconstrução da cidade e do país. O povo lá é culto, eles têm bons teatros, lindas salas de concerto, a literatura de que você tanto gosta é avançada. Pode ser mais fácil para organizar uma farmácia. E, se não der certo, emigraremos para a América.

— Chega, Ilya! Quanto tempo isso ainda vai levar? Quero uma vida digna, e não ficar indo de um lugar para outro, como se estivéssemos mendigando para que nos aceitem. Somos dignos. Não cometemos nenhum crime. Ser judia é crime? Quero educar nossos filhos como homens bem formados. Trabalhamos, ganhamos dinheiro e posição às custas dos nossos esforços. Por que vão tirar isso de nós? Se não nos querem aqui, vamos para um outro lugar onde nos aceitem. Não quero me sentir rejeitada, nem ficar vivendo de favores. A liberdade não tem preço. Chega! Vamos embora daqui. Não quero ter de enfrentar novas guerras, perseguições, *pogroms*.

— Calma Lubinha. Vou providenciar nossa ida para a Alemanha. Falarei com Berel. Ele deve ter bons contatos em Berlim e poderá nos ajudar. Não vamos comentar nossa conversa com ninguém. Não somos fugitivos, não cometemos nenhum crime, mas alguém pode se sentir ofendido com essa decisão. Queremos apenas um lugar para viver em segurança, em paz. Já pensei em voltar para Odessa, mas seria uma loucura, talvez suicídio. Nossos papéis estão em ordem. Acredito que não haverá problema para sairmos da Polônia.

— Li que, após o término da Grande Guerra, Danzig se tornou uma região independente com a assinatura do Tratado de Versalhes. A Alemanha cedeu parte de um território para que a Polônia tenha uma saída para o mar. A região é considerada uma zona livre. Ela não pertence nem à Alemanha, nem à Polônia, apesar dos poloneses controlarem o porto e a administração local. Lá não deve haver problemas para os judeus. Talvez possamos ir para lá.

— Tenho minhas dúvidas, Luba. Isso não deve durar muito tempo. É um acordo de conveniências — conclui Ilya. — Essa região fica em um enclave entre duas partes pertencentes à Alemanha e uma terceira, que é a Polônia. Logo, logo, estarão discutindo a quem pertence. De qualquer forma, vou providenciar nossa partida para Berlim.

Em poucos dias, Berel, como sempre, conhecedor de uma rede de proteção da comunidade judaica, dá as indicações de contatos em Berlim, inclusive o nome de um despachante que prepara a imigração para a América, incluindo o Brasil.

— Berel me disse que a ida para o Brasil pode ser mais fácil. As cotas para os Estados Unidos costumam estar repletas e pode demorar para chegar nossa vez. Há muita gente indo de todas as partes da Europa para o Brasil e também para a Argentina. Os vistos para a entrada nos Estados Unidos são mais caros. A frequência de navios para a América do Sul é mais restrita. Você sabe localizar no mapa onde fica esse país?

— Não faço ideia. Sei que existe a América do Sul, mas nunca me preocupei em olhar no mapa. É longe daqui. Parece que a capital do Brasil se chama Buenos Aires. Quanto tempo leva essa viagem?

— Não sei dizer — confessa Ilya. — Vamos para Berlim. Depois pensaremos nos próximos passos. São muitas questões sem respostas. O despachante vai nos esclarecer. Em Berlim, ficaremos hospedados em uma pensão no centro da cidade, próximo da estação ferroviária central. Será mais fácil para tratarmos dos assuntos da viagem, embaixada, consulado, compra de passagens. Quem sabe arrumamos algum trabalho que possa mudar nossa perspectiva de vida? Não sei quanto tempo leva para preparar uma viagem como essa. Semanas, meses, anos?

— Vamos nos concentrar em encontrar um trabalho estável em Berlim, enquanto estudamos as possibilidades de recomeçarmos a vida no Brasil. Acho que essa é a melhor ideia. Tentarei localizar Mário por meio da Cruz Vermelha Internacional. Se o encontrarmos, por certo ele irá nos ajudar — conclui Luba.

— Estando em Berlim, estudarei melhor essa possibilidade — responde Ilya.

As crianças ficam eufóricas com a ideia de sair da Polônia. Ilya e Luba estão felizes por terem sido salvos e acolhidos por esse povo vizinho da Ucrânia, mas tristes e preocupados com a frieza, as dificuldades de encontrar trabalho e o antissemitismo, que dificulta a assimilação na Polônia. Esse conjunto de fatores reforça a ideia de deixar a Europa.

— Quando olho para trás, vejo tudo o que já passamos e que poderemos vir a passar se permanecermos onde estamos. A economia aqui vai mal. A perspectiva é de um futuro sombrio, e com ela se esvai nossa esperança. Vamos pensar positivo. Ir para o Brasil nos trará uma nova motivação e esperança. No final, tudo vai dar certo; se não deu, é porque ainda não se chegou ao final — conclui Ilya.

Pouco tempo depois, embarcam no trem que os levará de Lvov a Berlim. A viagem é longa e cheia de paradas. Ilya reserva uma cabine para os quatro, o que torna o trajeto confortável. Há um certo sentimento de liberdade, uma liberdade desconhecida, atraente, mas, como sempre, acompanhada de temores diante do desconhecido, medos. Medo superado pela coragem, pelo sabor do desafio e do desejo de ultrapassar obstáculos.

Como bons burgueses, de roupa nova e limpa, cada um levando uma maleta, carregam uma boa dose da esperança e fé de que vão conseguir o que tanto procuram, um lugar para trabalhar, educar os filhos com segurança e saúde e, se possível, progredir materialmente. Luba e Ilya sonham em dar aos filhos condições para ser alguém na vida, aprender a lutar pela vida, ajudar os que necessitam e alcançar um estado de paz interior. Sem fugas, sem ameaças constantes e sem guerras.

O trem se aproxima da estação central de Berlim, na Friederich Strasse. A pensão onde ficarão hospedados deve ficar bem próxima dali.

CAPÍTULO 12

Berlim-Danzig, 1922-1924

Berlim é uma cidade fascinante, com muitas atrações, charme e excitação próprias, mas nada se compara à vida à beira-mar, ao sol, à brisa, ao cheiro do mar e ao barulho das ondas. Os sentimentos oscilam no imaginário da família, que recorda o entrar e sair das embarcações vistas do belvedere, iluminadas pelo entardecer róseo-alaranjado ao longo da orla de Odessa.

Ilya procura em Berlim o despachante indicado por Berel:

— Tudo fica mais fácil se você tiver uma carta de um parente ou amigo convidando-o a ir para o Brasil, uma espécie de carta de chamada. O processo é moroso devido ao vaivém das correspondências, trâmites no consulado e na embaixada. É feito um estudo sobre os pedidos de imigração.

Ilya ouve com atenção. O despachante prossegue:

— Tudo isso é demorado. Depende, também, das autoridades europeias, que precisam emitir declarações de que os pretendentes não são foragidos da polícia, não possuem doenças transmissíveis, além de uma comprovação de que possuem condições financeiras mínimas para se manterem no país. A partir daí começa-se a pensar na compra das passagens de navio, o porto de onde vão partir, a rota para a América do Sul, e se a rota inclui o porto de desembarque que interessa à família Levitsky.

— Não há como apressar esse processo? — indaga Ilya.

— Como vê, senhor Ilya, são muitos os detalhes. Há o risco de os vistos serem recusados. As autorizações podem levar semanas, meses até sua emissão. É preciso estar ciente de que elas podem não vir. Parte do pagamento é feito de imediato, sem garantias do resultado final. Essa é a regra do jogo. Não há outra saída.

Diante dessa realidade, Ilya segue as indicações de Berel e sai à procura de quem possa se interessar pela compra de alguns poucos brilhantes que ainda restam. É preciso muito cuidado nesse negócio realizado por grupos, frequentemente de judeus, em que a confiança é a base do sistema. A comprovação se dá por meio de um simples papelzinho rubricado. As pressões no momento da venda são muitas e variam em função do mercado e das necessidades do momento, que nem sempre coincidem com os melhores preços oferecidos. São momentos tensos, de muita angústia e medo de se precipitar, tomar uma decisão errada que pode pôr a perder todo um projeto. A primeira oferta feita a Ilya pela compra das pedras não o agradou.

— Preciso manter uma reserva para comprar as passagens — pensa Ilya. — Terei de pagar os serviços do despachante, as declarações exigidas pelas autoridades brasileiras, o aluguel da pensão e guardar um pouco para comer. Além disso, quanto dinheiro será preciso para recomeçar a vida na nova terra prometida? As incertezas são muitas e os recursos, poucos. O que resta é a vontade de sobreviver, a determinação de lutar e confiar de que tudo vai dar certo. Mas não posso ser ingênuo, nem me deixar fazer de bobo.

Ilya descobre outros endereços e encontra quem queira comprar as pedras pelo preço que elas realmente valem. A presença do risco de vir a ser roubado, enganado, parado por alguma autoridade em um ato ilícito está presente. A Alemanha não é Polônia, e o rigor da lei e das autoridades é severo. Qualquer erro pode ter graves consequências. Ilya sai do banco aliviado, com uma conta aberta e o valor depositado, suficiente para sobreviverem por um bom tempo.

Os meninos logo se adaptam ao espírito livre de Berlim, encantados com a beleza e o dinamismo da cidade. A falta de conhecimento da língua alemã não é impedimento para Emmatchka e Fimma explorarem a cidade. Nas primeiras saídas, descobrem a efervescência da Friedrichstrasse, longa avenida que corta Berlim de norte a sul, repleta de lojas, teatros, bares, restaurantes, cassinos e farta prostituição. Caminham encantados em meio ao movimento das ruas, interessados em ver as mulheres que se oferecem, inclusive, provocando-os, até que ambos são barrados por um homem:

— Onde vocês moram? De onde vocês são? Onde estão os pais de vocês?

Emmatchka, como mais velho, toma a dianteira. Tenta explicar que não falam alemão. O homem percebe a ingenuidade dos meninos, que passeiam despreocupados, vestidos de calças curtas. Insiste em acompanhá-los até onde estão hospedados. Os dois garotos ficam assustados, pois não sabem de quem se trata, se policial ou alguém interessado em outras coisas. Sempre ouviram dos pais para não darem atenção a pessoas desconhecidas, mas o homem insiste em querer acompanhá-los até a pensão:

— Não é comum jovens da idade deles andando por essas ruas, de calças curtas, a esta hora — diz o homem a Ilya, que os recebe surpreso ao ver os meninos acompanhados de um homem de meia-idade, bem vestido.

Ambos conversam em alemão. A conversa é rápida e esclarecedora. A expressão de Ilya é de gratidão e, ao mesmo tempo, de estranhamento pelo fato de um desconhecido ter-se preocupado com os garotos. Talvez fosse um policial à paisana, que teria identificado o risco de os meninos se envolverem ou serem molestados por indivíduos interessados na prostituição de menores e em outros ilícitos sexuais. Assim que o estranho vai embora, Ilya chama os meninos para uma conversa:

— Vocês precisam tomar cuidado quando saem, principalmente verificar por onde andam. Essa Friedrichstrasse, naquele ponto, é um local conhecido, frequentado por homens que se interessam por outros homens; por homens que gostam de atrair meninos para abusar do corpo deles.

Emmatchka ouve atento, de olhos arregalados, enquanto Fimma arrisca perguntar:

— Abusar como? O que eles fazem?

Ilya fica atrapalhado, olha para os lados à procura de Luba, desejoso de que ela o socorra. Com seu jeito tímido, explica que há homens que gostam de mexer no corpo dos meninos.

— Esse tipo de comportamento é perigoso, pode trazer complicações, gerar confusões na cabeça de vocês. Aquele senhor quis falar comigo para alertar sobre os riscos de andarem desacompanhados de um adulto àquela hora, naquele lugar.

— É preciso avisar aonde vocês vão, a que horas irão voltar — completa Luba, ao se inteirar do ocorrido.

Os garotos se olham em uma comunicação singular entre irmãos. No fundo, eles sabiam da traquinagem que estavam fazendo, interessados em ver as prostitutas.

Os pais concluem:

— Nos tempos de guerra e de perseguição, tudo é suspeito. A gente fica sempre vendo o pior, o perigo, e isso pode se transformar em uma forma de ser.

Luba e Ilya se concentram nas tentativas de descobrir o paradeiro dos familiares que permaneceram em Odessa. O silêncio é total. Ilya nada sabe de seu irmão, que se alistou no Exército. Dele não teve mais notícias, não sabe se foi morto em alguma batalha ou se desertou. Com a saída de Odessa às pressas e em segredo, ninguém se despediu. Já sabiam que isso poderia acontecer. Partiram e nunca mais tiveram notícias dos familiares. Os pais de Ilya e de Luba já haviam falecidos. O casal está só no mundo, com Emmatchka e Fimma. Os meninos ainda chegaram a ter algum contato com a mãe de Luba, morta por ocasião de uma internação em um hospital da região de Odessa. As irmãs de Luba moravam em *schteitls* ou cidades da vizinhança de Odessa. Eram visitadas ocasionalmente, nos finais de semana, quando se alugava um fiacre a custo elevado. A hora de pagar a corrida sempre terminava em discussão.

A permanência na Alemanha deixa Luba mais tranquila e esperançosa. A vida cotidiana está organizada. Estão hospedados em uma pensão simples, limpa, de fácil acesso ao mercado, padaria, açougue e artesãos. Os meninos estão crescendo rápido, e vez por outra é preciso aumentar a barra da calça, refazer a cintura, costurar algo.

É demorada a definição das datas de partida para o Brasil. Ilya e Luba resolvem contratar um professor de alemão para os meninos e um pouco de matemática. Ilya, como farmacêutico, ensina noções de química, e Luba, de literatura russa e gramática. Pensam na possibilidade de aprender português, mas não encontram professores dessa língua. Consultam trabalhadores portugueses que moram perto da pensão para que lhes ensinem a língua pátria, mas eles, como trabalhadores braçais, recusam a proposta. Muitos deles são analfabetos.

Luba, com a habilidade comercial adquirida nas atividades da loja de sombrinhas e bengalas, se oferece para trabalhar como vendedora em lojas similares, próximas da pensão. Algumas poucas vezes vai ao endereço indicado por Ilya para vender mais uma pedrinha, no intuito de equilibrar a economia doméstica, conhecedora que é do mercado de joias. A retomada da atividade profissional dá a ela um grande estímulo.

Volta a crescer a febre de emigração após a Grande Guerra, agora de forma mais organizada. Empresas oferecem serviços de despachante e assessoria. No início do século, vilas inteiras se dirigiram para o Brasil, em busca de riquezas miraculosas. Trens repletos vindos da Polônia despejavam os emigrantes em Hamburgo e Bremen, onde estes chegavam a aguardar semanas ou meses à espera do navio que os levaria para a América do Sul.

Essas empresas, por meio de seus agentes, entram em contato com elementos do governo brasileiro. O país tem necessidade de mão de obra para colonizar suas vastas terras desertas e transformar florestas primárias em divisas para o país. Escritórios em Lisboa e Madri agenciam trabalhadores do Leste Europeu, Polônia, Rússia, Bessarábia (Moldávia), Ucrânia e Galícia. São numerosos os golpes ligados às atividades migratórias, na tentativa de seduzir pessoas a irem para o Brasil: incitação, venda de passaportes falsos, fraudes, espoliações. Mitos milagrosos propagam uma suposta ajuda financeira do governo aos imigrantes, para que trabalhem no desenvolvimento agropecuário. Agentes distribuem medalhas da Virgem padroeira do Brasil durante o processo de convencimento.

Uma vez definida a intenção dos Levitsky de se mudar para o Brasil, Luba envia cartas à Cruz Vermelha Internacional e a grupos judaicos na tentativa de reencontrar a família desestruturada pelas guerras e perseguições. A possibilidade de resgatar o contato com o irmão, que supostamente mora em Recife, se torna fato concreto após o envolvimento da Embaixada Brasileira em Berlim. Um trabalho minucioso de investigação se desenvolve, até que se consegue contato com uma empresa de transporte interestadual de passageiros, a Expresso Brasileiro. Por meio dessa empresa, finalmente, Luba localiza o paradeiro de Mário Kisluk, cuja presença no Recife, estado do Nordeste brasileiro, é confirmada. Inicia-se uma troca de correspondências que traz grande alegria com as perspectivas que anuncia. Mário só tece elogios à qualidade de vida e às oportunidades de trabalho em sua nova terra:

Luba, querida,

Nosso reencontro é uma dádiva divina. Pensei jamais revê-la. Escrevi inúmeras vezes para Odessa, para você, nossos pais e parentes, mas a partir de um certo momento deixei de fazê-lo, pois não havia nenhuma resposta. O importante é que logo estaremos juntos. A ideia de vocês virem para cá é excelente. Vão adorar o clima, a beleza das praias, o povo caloroso e hospitaleiro. Conheci aqui a liberdade e o prazer de viver. Há muitas oportunidades, e, certamente, Ilya, com seus conhecimentos de farmácia, encontrará trabalho. A comunidade judaica local é pequena, mas bastante unida para os padrões daqui. Você sabe que onde há um judeu são necessárias duas sinagogas, a que ele frequenta e a que ele critica! Quais são os planos de vocês? Quando pretendem vir? Do que depende sua vinda? Aguardo-os com muito carinho.

Do seu querido irmão,

Mário

Luba lê e relê aquelas poucas linhas, na tentativa de captar o ar, o calor, a luminosidade do céu, as praias e a gente morena contados por Mário em sua curta mensagem, cheia de esperança.

Querido Mário,

Estou ansiosa para chegar a essa terra chamada Brasil. Pergunto-me quanto tempo ainda precisaremos esperar para começar a nova vida. Sonho em ter a nossa casa, trabalho, escola para as crianças, ideias que não me saem da cabeça. Ilya está fazendo o possível para acelerar o processo, ainda mais agora que encontramos você. Precisamos de uma carta na qual você nos convida a ir morar no Brasil, a reintegrar a família. Isso facilitará o processo.

Um saudoso abraço de sua irmã cheia de esperanças.

Lubinha

A troca de mensagens deixa a família excitada diante das possibilidades que se descortinam, longe das guerras, da miséria e das perseguições. Sonham com uma perspectiva de vida mais estável, em que as crianças possam frequentar regularmente uma escola, ter amigos, agora que estão se tornando rapazinhos, entrando na adolescência. A espera do momento da partida gera ansiedade e tensão, que se intensificam por um sentimento de impotência diante da burocracia, emperrada, na definição da data da partida.

— Já ofereci algum dinheiro extra para o despachante — Ilya se explica com Luba —, para ver se ele apressa a emissão dos vistos e dos outros papéis de imigração, para podermos definir a data de embarque, o porto de partida. A única coisa que ele diz é que precisamos ter paciência. Muitas são as dúvidas, tantos são os sonhos.

Ilya acende mais um cigarro. Apoia a cabeça em uma das mãos para pensar e segurar o peso dos sentimentos, enquanto controla a irritação. Após várias tragadas profundas, conclui resignado:

— Nossa vida está boa quando penso no que já passamos, no paradeiro de nossos familiares que não conseguiram fugir, dos quais nada sabemos. Nós, pelo menos, estamos juntos, salvos, saudáveis. Ouço histórias de famílias dizimadas pela fome, pela violência dos imperialistas, dos cossacos, mencheviques, comunistas, pelas guerras e pelo simples fato de serem judeus. Muitos perderam tudo; nós não perdemos a vida, mas estamos sem raízes, sem perspectivas palpáveis, alimentando-nos apenas de sonhos.

— Penso nos meninos — diz Luba, preocupada com as consequências que as experiências vividas trarão para a vida deles. — Em Emmatchka a barba e um bigodinho estão surgindo, a voz está mudando. O jeito dele é de um rapazinho; percebo isso nas brincadeiras que faz às escondidas com o irmão, nas conversas furtivas entre eles, na timidez e no rubor do seu rosto quando encontra uma garota. São mudanças próprias da idade, período da vida cheio de ideias, de desejos de aventuras, de temores e transgressões. Como irão crescer? Que homens serão no futuro, levando uma vida de fugitivos? O que se passa na cabeça deles, se nós, adultos, não sabemos o que faremos conosco, com nossas vidas?

— De Odessa só nos restam lembranças — diz Ilya. — Você tem razão, Lubinha. Tudo isso é preocupante.

Ele abre uma garrafa de vodka polonesa, oferece um copo para Luba e enche o seu. Ambos dão um grande gole. Um calor emerge rapidamente do corpo e, logo, vem o relaxamento. Ilya põe-se a cantar em russo, baixinho, acompanhado por Luba. O nervosismo causado pelas indefinições se afasta momentaneamente. Questões aduaneiras, trâmites burocráticos, despachante, condição de residente temporário na Alemanha, incertezas econômicas, dificuldades para trabalhar e dificuldades com a língua. Não falta com o que se preocupar.

Diante de tantas incertezas e do custo de vida elevado em Berlim, eles decidem se transferir para uma cidade próxima, sossegada, mais segura – em especial com relação à vida dos meninos –, e onde o custo de vida é menor.

Descobrem um vilarejo que parece se chamar Sofcut, na região de Danzig (Gdansk), cidade-Estado semiautônoma encrustada na Polônia, circundada por terras germânicas. Próxima ao mar, essa cidade livre, criada em 1920, é fruto de um acordo estabelecido em 1919 pelo Tratado de Versalhes. A região é protegida pela Liga das Nações, habitada por alemães e controlada por poloneses, que dá acesso à Polônia e ao Mar Báltico.

Morando perto da praia, os garotos se reúnem para jogar bola na areia. Correm, curtem a liberdade, se divertem. Nos finais de semana, os rapazes, uns cinco ou seis, se reúnem para tentar atravessar a fronteira, na divisa com a Polônia. A farra é grande. Podem comprar doces, tomar sorvete na cidade vizinha. O sucesso da aventura depende sempre da tolerância do policial de plantão.

Fimma e Emmatchka estão mais bem integrados na vida dessa cidade. O clima marítimo, ainda que semelhante ao de Odessa, é mais frio e ventoso, mas permite matar as saudades do mar, admirar sua ondulação, sentir seu cheiro e a brisa roçando a pele. Ficar de camiseta ou usar manga curta sem pesados casacos, pelo menos no verão, é um alívio. Ver as aves em revoada, acompanhando o pôr do sol, lhes devolve a certeza de que a vida a beira-mar é diferente, bem melhor do que aquela vivida no interior da Polônia ou em Berlim.

Após meses de espera, Ilya recebe pelo correio uma carta da Embaixada Brasileira convocando-o a se apresentar junto com a família para a entrega dos formulários preenchidos e dos documentos solicitados: passaportes, certidões de nascimento, carteiras de identidade e atestados médicos, realizado por um médico autorizado, fotos e carta de parente que vive no Brasil com endereço residencial.

Diante dessa nova perspectiva, retornam a Berlim. Uma excitação generalizada toma conta da família, que se apronta para o dia marcado para a entrevista. Ao chegarem na embaixada, há uma longa fila de espera. Recebem uma senha com um número que define a ordem de chegada. Após horas intermináveis, são finalmente chamados. Apresentam-se a um funcionário que faz a primeira triagem. O jovem que os atende examina os papéis, frente e verso, volta a um documento anterior e conclui que um dos carimbos não está com a nitidez desejada. Estabelece-se longa discussão, que deixa Ilya muito nervoso, gaguejando para falar. Tenta acender um cigarro, mas não é permitido. Luba, atenta e intuitiva, de forma sedutora e furtiva, tira do pulso seu bracelete e estende-o para o funcionário. Por um instante, este arregala os olhos. Sem olhar para Luba, pega o objeto, coloca-o no bolso do paletó, olha mais uma vez para um e outro documento e, com energia, bate o seu carimbo. Documentos aprovados.

Passado o susto, submetem-se à formalidade da entrevista, que não dura mais de dez minutos. Saem de lá aliviados. Abraçam-se numa comemoração de vencedores de uma grande batalha. Para comemorar o grande feito, resolvem fazer uma extravagância. Vão a uma confeitaria próxima, onde cada um pode escolher o que quiser. Ilya segura Luba pelos braços, olha-a bem de frente, aproxima-a do seu corpo:

— Você é incrível! Como teve coragem?

Luba, simplesmente, olha para ele como quem não quer nada, e diz:

— Não sei. Acho que eu estava com muita vontade de tomar um chocolate quente e queria resolver logo a questão. Foi bom, não foi?

Tolerância, palavra mágica difícil de ser incorporada. Paciência para aguardar a elaboração dos vistos, começar a pensar na compra das passagens, avaliar os custos que terão pela frente. Ilya se dirige ao despachante todos os dias para saber quando haverá um navio prestes a partir da Europa para o Brasil. Descobre que os navios que se dirigem à América do Sul partem de Marselha, no Mediterrâneo, ou da Inglaterra, mas a maioria tem como destino o porto do Rio de Janeiro, Santos e Buenos Aires. São raros os que se destinam ao porto do Recife. Finalmente, identifica uma companhia de Belfast que atraca no porto de Cherbourg, na Normandia, França.

Ilya resolve se desfazer de mais alguns brilhantes, ainda existentes, costurados em forros falsos dos casacos, nas meias das crianças, em roupas íntimas, verdadeiras obras de arte e de engenharia criativa. Nova onda de inquietação toma conta dele. Está mais impaciente do que o seu habitual, preocupado em descobrir como transferir o dinheiro para o Brasil por meio de bancos internacionais.

Luba prossegue na tarefa de se ocupar da casa, dos meninos e de comprar as coisas que desejam embarcar para o Brasil. A vida em Berlim prossegue em busca de uma rotina. Fimma, mais grudado com a mãe, enche-a de abraços. A afinidade entre ambos é evidente. Emmatchka, cujo temperamento é mais fechado, introvertido, parece-se com o pai, isola-se em seu mundo, nas leituras que adora, nos selos e na prática do jogo de xadrez. Os meninos seguem sem escola. Um professor de alemão vem à pensão lhes dar aulas, mas, de forma geral, levam uma vida solta, o que deixa Luba preocupada, pois podem se envolver com maus garotos ou em aventuras arriscadas.

Próximo de onde moram há um clube de futebol, o Blau Weiss. Emmatchka e Fimma gostam de jogar bola nesse clube, onde tentam se entrosar com a garotada. Um dia, surge no campo um grupo de garotos maiores, que passam a provocar Emmatchka. Debocham dele, humilham-no sem que ele compreenda o porquê da provocação. Ele reage, e o grupo parte para cima dele. Apavorado, ele sai em disparada pelas ruas, até que encontra um guarda com quem tenta se explicar. Este, porém, não se interessa pela história. Ameaçado, ele se vê em perigo e volta a correr. Um dos rapazes, talvez o mais velho, aparentando uns 18 anos, se destaca do grupo e o alcança. Emmatchka, acuado, entra em uma casa de três andares, arquitetura comum na região, sobe as escadas desesperado e se vê encurralado no último andar. Leva tapas e chutes e fica ali, cabisbaixo, chorando, revoltado, humilhado, sofrido, sem nada entender. Volta para casa com a suspeita de que foi agredido pelo fato de ser judeu e ucraniano, por estar jogando bola no gramado de um clube frequentado por maioria alemã. Ao chegar em casa, conta o ocorrido para a mãe, que retruca:

— Não falei para você não se meter com outros moleques? Você não aprende?

Emmatchka é colocado de castigo por desobediência às ordens dos pais, comportamento comum entre jovens que buscam desafios, autoafirmação. Mas... às vezes dá errado. O fato é que o racismo permanece presente entre alemães e poloneses, apesar do aparente clima de paz. É possível que a briga tenha sido apenas uma briga de jovens. No imaginário dos Levitsky, porém, a presença do inimigo perseguidor e preconceituoso é um sentimento que se atenua, mas não desaparece. Permanece viva nas criptas inconscientes de muitos povos.

Recife agora é o sonho. Terra estranha que começa a preencher o imaginário com projetos e esperanças. Ouvem falar da cor da pele das pessoas, da língua, do sol constante, do calor, das frutas, da floresta, do mar. Ah! O mar! Tudo lá é diferente.

Tio Mário, um desconhecido para Emmatchka e Fimma, sinaliza a perspectiva de uma vida melhor nessa terra prometida e tão distante.

Os meses passam, até que, finalmente, a Embaixada Brasileira libera os vistos. É preciso demonstrar a existência de recursos financeiros, informar a religião, a cor da pele, as perspectivas de trabalho no local de destino. A essa altura, Mário, do Recife, monta uma infraestrutura mínima necessária para a recepção dos familiares. Conta com a promessa de apoio da comunidade local. Tudo está planejado para concretizar a chegada deles dentro dos conformes oficiais. A política do jeitinho e da corrupção, se não é universal, era comum em Odessa, Lvov, Rovno e Berlim, assim como no país das maravilhas, o Brasil, ainda que com características próprias devido às diferenças regionais das culturas.

CAPÍTULO 13

Cherbourg (França), 1924: a viagem

O período tranquilo que passaram em Danzig foi perfeito, não fossem as incertezas que turvavam os sonhos da família diante das indefinições e desejos de emigrarem para o Brasil. Tranquilidade que se contrapõe à excitação da vida em Berlim, onde permanecem na condição de migrantes angustiados, sem pátria, à procura de um porto seguro para viver, ancorar desejos e navegar em busca de um futuro melhor.

Folheando um velho jornal alemão, Ilya depara com um anúncio, seguido de uma reportagem sobre a empresa marítima Royal Mail Steam Packet (RMSP), com a seguinte manchete: "Vanguardista na rota comercial para a América do Sul".

Curioso com o que lera, ele sai agitado da praia, à procura de um telefone do qual possa ligar para a empresa, com filial em Berlim. Após tentativas infrutíferas, a telefonista intervém e faz uma série de indagações:

— Por favor, aguarde neste número; em breve eu o chamarei.

— Quanto tempo, por favor? — indaga Ilya ansioso.

— Tenha paciência, senhor Ilya. Pode levar minutos ou horas. Assim que eu souber, lhe avisarei. Também direi o custo de cada minuto.

Ilya coloca o telefone no gancho enquanto procura no bolso do casaco o maço de cigarros. Descobre que o último já havia sido consumido. Aflito entre comprar tabaco e aguardar o chamado, opta pelo tabaco. Ele se dá conta de que não aguentará esperar sem fumar. Inicia-se uma discussão com o dono do telefone, que quer cobrar a ligação antecipada. Antes que a discussão termine, o telefone toca, e a ligação é completada. Ao final da conversa, Ilya fica sabendo que em fins do outono ou início do inverno europeu o grande transatlântico inglês H.M.S. Almanzora partirá de Londres para o Brasil, com previsão de atracar no porto do Recife. A rota exata ainda será definida.

A excitação toma conta de Ilya, que volta à praia na esperança de encontrar Luba e os meninos para lhes contar a novidade. No caminho, muda de ideia e volta para o mesmo estabelecimento, de onde liga para o despachante. Este, com a maior desfaçatez, diz ter-se esquecido do interesse específico de desembarcarem no Recife. Ilya é tomado de uma raiva atroz – na verdade, fúria –, que deixa o dono do estabelecimento completamente atônito.

— O senhor está dormindo? — gritava Ilya para o despachante. — Estamos aguardando suas providências. Estou pagando caro pelos serviços. O senhor é pago para isso! Simplesmente se esqueceu do seu cliente? Onde está sua responsabilidade?

— Calma, senhor Ilya. Tudo será resolvido. Temos ainda algum tempo. Não há por que se transtornar. Tudo vai dar certo. Voltaremos a falar amanhã sobre as passagens, data, porto de embarque — provavelmente será Cherbourg, na França. Peço desculpas pelo meu silêncio.

Aos poucos Ilya se acalma e corre para Luba. Ela segue na praia, caminhando pela areia junto ao mar, enquanto os meninos brincam de pular as ondas.

— Lubinha, já sabemos em qual navio iremos viajar. Ele partirá do porto francês de Cherbourg-en-Cotentin, na Normandia. Para se chegar lá será preciso atravessar toda a Alemanha e a Bélgica. São quase 1.500 quilômetros de distância. Provavelmente, será mais fácil irmos até Paris. Uma oportunidade de conheceremos a Cidade Luz, a cidade do planejador de Odessa, Richelieu, e de lá iremos para o porto de embarque. Isso significa que teremos uma longa viagem, com várias baldeações, até chegarmos a Cherbourg.

Os meninos também se animam com a alegria dos pais e correm para junto deles para saber detalhes da viagem. Despejam uma saraivada de perguntas:

— Qual é o navio? — pergunta Fimma.

— Quando iremos? — pergunta Luba.

— Quanto tempo de viagem? — quer saber Emmatchka.

Alegria e curiosidade transbordam, como se a viagem estivesse prestes a acontecer. A notícia transforma o clima letárgico que estavam vivendo em Danzig, impulsionando uma nova energia, uma espécie de carga rápida, para entusiasmo de todos.

— Vejam o que encontrei neste jornal de semanas atrás — diz Ilya. — Acabei de ter uma conversa com o agente da companhia marítima. O navio no qual iremos viajar chama-se Almanzora, construído em Belfast, em 1913, com a finalidade de servir o movimento emigratório da Europa. No ano seguinte, com o início da guerra, ele foi adaptado como um cruzador. Inicialmente, foi concebido para trazer carnes e frutas da América do Sul, por isso tem uma grande câmara frigorífica. Com a guerra, servia para levar suprimentos. Com o fim da guerra, em 1918, ele voltou a ser um navio de passageiros, com capacidade para transportar 400 pessoas na primeira classe, 230 na classe turística e 760 na classe emigrante. A novidade é que transformaram as velhas caldeiras movidas a carvão em outras modernas, que funcionam à base de óleo. O navio partirá de Londres, depois irá a Cherbourg, na Normandia, e então Vigo, Lisboa, Funchal, Recife, Salvador, Rio de Janeiro, Santos, Montevidéu, Buenos Aires. E lá vamos nós! Viva! *Mazel tov*, tudo de bom! *Le chaim*, saúde!

Todos se abraçam, riem e choram com a perspectiva de concretizarem os sonhos e dar novo alento à vida. Após um momento de silêncio, nova onda de perguntas aparece:

— Como são as cabines?

— De que jeito iremos viajar?

— Ficaremos todos na mesma cabine?

— E se for na classe emigrante, como é?

— Não sei! Não sei! — diz Ilya, num misto de alegria e irritação diante de tantas perguntas. — Amanhã falarei com o despachante. Quem sabe teremos novidades e algumas definições. Vou perguntar tudo isso para ele. É preciso saber quanto custará cada passagem e se poderemos pagá-las. Mesmo com a ajuda da comunidade, tudo isso vai custar muito caro.

No dia seguinte, Ilya procura o despachante, que nada sabe dizer, a não ser confirmar as informações já sabidas. A novidade é que as passagens deverão ser postas à venda dentro de dez a quinze dias, juntamente com a liberação das tarifas de cada classe. Sabe-se que, para grupos familiares, a empresa costuma dar algum tipo de desconto.

Ninguém da família tinha viajado de navio. O que se ouve são histórias contadas nas cartas, enviadas aos parentes de alguns viajantes. Em alguns navios há um grande espaço reservado para homens e outro para mulheres e crianças. Dizem que o calor e o barulho são insuportáveis, uma vez que os quartos estão próximos das caldeiras e da casa das máquinas. Além disso, há o cheiro de fezes e vômitos, que se misturam a outros odores. Quando alguém adoece, os cuidados médicos são ocasionais e podem ser muito caros. No caso de morte, o cadáver pode ficar exposto por muito tempo e até cheirar mal. Em algumas situações, os próprios emigrantes se encarregam de recolher o corpo e jogá-lo ao mar. São tantas as versões, reais e imaginárias, que fazem com que Luba se posicione com veemência:

— Não vou viajar nem na classe emigrante nem na turística. Será nossa única viagem desse tipo na vida. Já estivemos por várias vezes nas portas do inferno, e, agora, quero chegar ao Brasil em boas condições físicas, com ânimo e disposição para enfrentar o que vier como desafio. Já sofremos bastante para sair de Odessa e chegarmos até aqui. Perdemos todos os nossos bens. As economias que restam servem para sobrevivermos e iniciarmos a vida em um novo lugar, construir um lar. Você sabe como será? Tem alguma ideia? Eu não sei nada do que acontecerá conosco, nem mesmo onde vamos morar. Não sei como é a vida em Recife. Até para falar o nome Recife é difícil; um som estranho para mim. Diante de tudo isso, não quero nem pensar em ter mais sofrimentos quando se pode evitá-los, mesmo que custe caro. Ainda nos restam algumas pedrinhas que podem ser vendidas e nos ajudar. Quando chegarmos ao Brasil iremos trabalhar e, certamente, conseguiremos ganhar dinheiro e reconstruir a vida. Eu posso ajudar em trabalhos domésticos, na costura, e, com a experiência que tem, você poderá trabalhar em alguma farmácia. Não morremos de fome até aqui, e não será agora que isso irá acontecer.

— Vamos ver — diz Ilya. — Não sei quanto vão custar as passagens, nem a diferença de preço entre uma e outra classe. Talvez possamos ir de classe turística.

— Na classe emigrante eu não quero ir de jeito nenhum! — repete Luba.

Emmatchka e Fimma olham um para o outro, de olhos arregalados, levantando os ombros, surpresos pela súbita discussão. Por detrás da alegria aparente, os pais estão com os nervos à flor da pele.

Quando o clima familiar se acalma, Emmatchka arrisca:

— Pai, qual o tamanho do navio? Vamos dormir todos no mesmo quarto?

Ilya se acalma. Tenta driblar a ansiedade de todos. Atônito com o interrogatório e com a tomada de posição de Luba, deixa claro que está preocupado com as despesas futuras e que não tem claro o montante das reservas de que ainda dispõem:

— Quando souber o valor das passagens, vou analisar de quanto dispomos e decidiremos o caminho a tomar. Peço que tenham paciência, pois o momento é delicado. Uma coisa é certa: vamos sair da Europa de uma vez por todas! Certamente, no Brasil irei trabalhar. Não quero viver dependendo de favores de terceiros. Sou farmacêutico e, se precisar, aprenderei outra profissão. Espero que essas ideias ajudem vocês a se tranquilizarem. Entendo que queiram ter todas essas respostas, mas agora não dá. É preciso suportar e carregar as perguntas. Por certo, as respostas, aos poucos, as encontraremos.

Ilya precisou pegar um outro cigarro para prosseguir:

— Compreendo suas preocupações com os meninos, Lubinha. Eles poderão se sentir aprisionados em um compartimento do navio por cerca de quinze dias. O risco de se pegar alguma doença infeciosa existe, e todas as histórias que contam de pessoas mortas por escorbuto durante a viagem me fazem pensar que você tem razão na escolha que faremos na hora de comprar as passagens.

Diante de tantas questões a resolver, Ilya compartilha seus pensamentos:

— Temos de ir devagar, degrau por degrau! — diz isso enquanto consome mais um cigarro, com a mão trêmula e o rosto envolto em rolos de fumaça.

A espera e as indecisões são condições árduas de serem vividas. A personalidade tensa, irrequieta, insegura de Ilya às pressões impostas pela realidade se manifestam a cada nova decisão. Quanto mais as definições se aproximam, mais ansiedade surge com a expectativa da realização dos sonhos e a possibilidade de novas frustrações. Conflitos constantes e contínuos diante da dor, fracasso e impotência tornam difícil para Ilya e sua família desfrutar das realizações. Atravessaram situações duríssimas de privação, e estão vivos.

A família retorna de Danzig a Berlim para concluir a arrumação dos papéis, a compra das passagens e para providenciar os preparativos finais para a viagem. Resolvem viajar, diretamente, para o porto de Cherbourg, ponto de partida em direção à terra prometida.

A viagem de trem de Berlim até o porto leva alguns dias devido às várias baldeações. Por fim, chega o grande dia, o dia do embarque, em dezembro de 1924. Ilya acata os desejos da família e compra bilhetes em cabine de primeira classe: alegria para todos. No dia, o estado de excitação é indescritível.

O grande transatlântico não pode atracar no píer. É preciso embarcar em um pequeno barco a motor que os levará até o navio, atracado longe das docas devido a seu grande calado.

Emmatchka e Fimma discutem quem irá sentado na proa do barco para ser o primeiro a entrar no navio:

— Fiquem quietos meninos, agora não é hora de briga — Luba argumenta, segurando Emmatchka pelo braço, enquanto Fimma se coloca à frente do irmão, que permanece cabisbaixo, resmungando ao lado da mãe.

São mais de dez dias de viagem, com paradas em Lisboa, Vigo e Ilha da Madeira, até atracar no Recife. A farra dos garotos desde os primeiros instantes é explorar o navio. Liderados por Fimma, vão da cozinha à casa das máquinas. Percorrem todo o convés e se aventuram a visitar as outras classes. Fazem amizade com a tripulação e conseguem visitar a sala de comando na companhia do capitão. Estão enlouquecidos com a embarcação moderna, com áreas luxuosas e outras mais simples. As pessoas das diferentes classes não se misturam, mas os garotos conseguem driblar as barreiras e caminham por todo o navio. Só não vão à classe emigrante, em que a entrada é totalmente proibida. Depois de alguns dias, a viagem se torna monótona diante de uma paisagem de horizonte longínquo e imutável, que se mistura a uma sensação produzida pelo medo do novo que se aproxima e a ânsia de pisar no continente desconhecido.

Vez por outra, os meninos vão ao convés para admirar o entardecer, cujo horizonte rosa-alaranjado faz lembrar o pôr do sol visto tantas vezes do belvedere em Odessa. Caminham de ponta a ponta da embarcação, sobem e descem as escadas que ligam os vários andares, na expectativa de encontrar alguma garota disposta a conversar. A dificuldade diante das várias línguas presentes no navio não é problema para eles, desejosos de romper qualquer obstáculo tratando-se de encontrar garotas simpáticas.

Quando a embarcação se aproxima da atracação em Recife, todos estão no convés, bem vestidos, preparados para o desembarque. Os olhares se procuram. Mãos e lenços do convés acenam para as pessoas aglutinadas nas docas atrás de uma corda. Lenços e chapéus se agitam, desejosos de alcançar pessoas queridas prestes para o desembarque.

De súbito, Luba dá um grito. Começa a soluçar de alegria e a saltitar ao cruzar o olhar com Mário, que acena com seu chapéu.

Anos se passaram sem vê-lo, sem notícias e, de um instante para outro, eis que se reconhecem com o mesmo jeito e sorriso. Ao lado de Mário, uma senhora se apoia em seu braço. Soube-se depois ser sua esposa. Os meninos riem entre si e comentam que ela é gorda. Pela primeira vez, conhecem o tio que os ajudará a se estabelecer no novo país.

CAPÍTULO 14

Recife, 1924-1928[1]

Relembra Emmatchka:

— Após o moroso desembarque, passamos pelo rito alfandegário e de desembaraço da bagagem, necessário para a entrada no país.

— Caminhamos até o estacionamento onde estava o carro do tio Mário, que nos levou para a casa dele. Como não cabíamos todos no mesmo veículo, minha mãe e Fimma foram com ele e a esposa. Eu e meu pai, mais as bagagens, seguimos de táxi. Logo me surpreendi com a existência do bonde elétrico, que me fez lembrar Odessa. Passamos pelas ruas do centro e chegamos à casa do meu tio, no bairro da Boa Vista, o bairro judaico da cidade.

— Ficamos hospedados nessa casa por algum tempo. Ele morava com a esposa, que era judia, e não tinham filhos. A construção das casas era diferente das que eu havia conhecido na Europa.

---

1 Este capítulo é uma adaptação da entrevista dada por Emmatchka ao lado de sua Yentale, em gravação feita para o Arquivo Judaico em 5 de julho de 1995, hoje integrante do Museu Judaico de São Paulo. Entrevistadoras: Marina Grytz e Paulina Faigemboim. Transcrição: Thea Joffe. Revisão: Mirella Levy.

A casa tinha uma forma arredondada, com um pátio no meio, varanda e muitas plantas. Eu nunca tinha visto algo assim.

— Com o passar do tempo, descobrimos outras famílias judias nas redondezas, como os Dimenstein, na Avenida Conde de Boa Vista; também os Lispector, Pajecki, Novinski e os Dulski, com quem passamos a nos relacionar. Na Rua da Imperatriz havia muitos judeus com suas lojas.

— Meus pais, ajudados pelo tio Mário, alugaram uma casa na Praça Maciel Pinheiro, bem no centro da cidade, quase ao lado dos Lispector.[2] Não longe dali, na Rua Martins Júnior, havia uma sinagoga frequentada por essas famílias. Essa praça era o ponto de encontro da coletividade judaica. Discutia-se política, fazia-se negócios, atualizava-se sobre a situação internacional, a vida dos que lá ficaram e as novidades da vida dos que viviam no Norte e Nordeste brasileiros. As perseguições e o antissemitismo continuavam ocorrendo na Europa, fazendo aumentar a vinda de judeus para o Brasil. Recife era o porto de escolha para muitos imigrantes. Por ser o ponto de desembarque mais próximo do Velho Continente, era também o mais barato.

— Meu pai alugou e montou a "Farmácia Europeia" nessa Praça Maciel Pinheiro. Eu ainda não falava português, mas gostava de ir lá para ajudar e aprender a nova língua ao servir as pessoas. Aprendi rápido a me comunicar em português.

Orgulhoso, Emmatchka mostra para as entrevistadoras do Arquivo Judaico de São Paulo sua foto junto ao balcão da farmácia. Uma delas lhe pergunta se lá vendiam elixir paregórico. Em meio a muitas risadas, ele responde:

— Mas isso se vende até hoje.

— Então já era do seu tempo?

---

[2] No local há uma placa em homenagem à escritora Clarice Lispector.

— Do meu tempo não, de duzentos anos atrás.

Interessado em contar suas recordações, Emmathcka prossegue:

— Logo conheci uma menina loira chamada Anita, parente da Cecília Dulski, que já era nossa conhecida em Odessa. Fiquei interessado por ela, mas o amor durou pouco, pois logo ela se mudou para o Rio de Janeiro.

— Eu fui me adaptando à nova terra com seu clima quente, a brisa, o mar, as pessoas com seus costumes, as comidas. Aprendi a enfrentar problemas de comunicação, de organização, dos documentos, em meio às recordações dos que lá ficaram. Nas ruas do nosso bairro, o que mais se ouvia era o iídiche. Os recifenses costumavam nos chamar de russos. Não importava se tínhamos vindo da Alemanha, Polônia, Bessarábia ou Rússia. Todos éramos russos.

— O movimento da "Farmácia Europeia" foi aumentando; fomos prosperando, inclusive economicamente. O clima marítimo da cidade era agradável. Logo nos adaptamos a ele, à terra e, principalmente, à liberdade. Eu gostava de ler os clássicos russos, como Tolstói, Dostoiévski, Pushkin. Com força de vontade, aprendi rapidamente a ler em português. O primeiro livro que li no Brasil foi *Inocência*, do Visconde de Taunay, que contava a história de uma moça chamada Inocência. Ela vive no sertão do Mato Grosso. Foi prometida pelo pai a um homem da região, o Manecão, sujeito bruto e violento, mas Inocência estava apaixonada por Cirino, um farmacêutico. Era um amor impossível de se concretizar pelas imposições do pai. Aprendi sobre a forma de pensar dos habitantes da região. Acho que o fato de o personagem ser farmacêutico me chamou a atenção.

— Eu e Fimma, Fernando, em português, fomos matriculados no Colégio Americano Batista do Recife.[3] Escola fundada em

---

3 A secretária atual do colégio, sra. Carminha, nos informou que a maior parte dos arquivos, desde a fundação da escola, foi destruída em uma enchente ocorrida em 1935.

1906, localizada próxima de nossa casa. Encontramos um grande número de jovens sem recursos financeiros para pagar uma escola particular, mas sua missão era ajudar os mais necessitados, entre eles os imigrantes judeus e não judeus recém-chegados da Europa. Colégio de orientação educacional cristã, dava aos jovens uma formação baseada em princípios bíblicos. Líamos e discutíamos trechos da Bíblia dos quais se podia extrair conhecimentos históricos, valores éticos e morais para a construção de uma sociedade mais justa e igualitária. Pretendia-se que cada aluno pudesse se realizar ao colaborar com a sociedade. Permanecemos por cerca de cinco anos nessa escola, onde tínhamos muito a estudar. As aulas eram diárias. Tínhamos bons professores. Precisávamos cumprir as tarefas. Foi uma escola muito boa para mim e para o Fernando. Era diferente do que havia acontecido enquanto vagávamos pela Europa. Lá, o estudo era ocasional e dependia de onde estávamos e das condições existentes, visto que a vida era instável e faltava dinheiro. Mudava-se constantemente de moradia. Havia desemprego, insegurança e muitas incertezas. Não é para me gabar, mas tanto eu como meu irmão éramos autodidatas; aprendemos a ler, a conhecer e a estudar por nós mesmos.

— Após alguns meses de vida no Recife, me matriculei em um curso de datilografia promovido pela Associação dos Empregados no Comércio de Pernambuco. Em 31 de julho de 1925, estava formado e recebia meu primeiro diploma brasileiro. Nele, meu nome estava escrito como se fala em russo, Levitzky, mas, depois, foi aportuguesado para Levisky. Aqui no Brasil não existe a letra tz, e todo mundo se confundia para falar.

— Recife é uma cidade linda, com numerosas e enormes pontes sobre rios que cruzam a cidade. São limpos, e suas margens, ladeadas por construções. Ah, Olinda! Um dia cismei em conhecer essa cidade. Eu não tinha dinheiro e fui a pé. Não é tão longe. São uns seis ou dez quilômetros. Minha sorte foi que, ao chegar lá, encontrei uma passagem de bonde jogada no chão. Não, não era de bonde, pois em Olinda não tinha bonde, só ônibus.

— Conheci frutas maravilhosas, diferentes. Banana e abacaxi eu já conhecia. Em Odessa tinha banana vinda da Grécia. Outras frutas e alimentos vinham da Bulgária, Hungria, Turquia, dos países do sul do continente europeu. Abacaxi eu conheci na Alemanha. Lá, a gente tomava sorvete na melhor sorveteria de Berlim. Eles serviam em uma taça envolta por uma rodela de abacaxi no pires. Agora, manga, jabuticaba, acerola... frutas deliciosas, mas nada como a manga, que a gente come assim, sentado debaixo de uma árvore. Arranca-se a casca com os dentes e, ao comê-la, a gente se lambuzava todo com aquele suco divino escorrendo pelo rosto, braço. Uma delícia. E jabuticaba? Comê-la debaixo da árvore, outra delícia.

— Enquanto estivemos no Recife, minha mãe só cuidava da casa e dos filhos. Moramos lá durante cinco anos, até que papai ficou doente e faleceu, em 14 de setembro de 1928, aos 52 anos. Minha mãe resolveu vir para São Paulo. Meu tio Mário já havia se mudado para o Rio de Janeiro após o falecimento da esposa. Ele se casou novamente. Na vinda para São Paulo, paramos algum tempo no Rio. Tentei, exaustivamente, reencontrar a Anita, que havia conhecido no Recife, mas eu a havia perdido para sempre. Em São Paulo, tínhamos conhecidos e amigos de Odessa e do Recife, como a família Novinski, cuja loja de artigos de couro ficava no bairro do Brás. Era assim, um amigo chamava o outro e formava-se um grupo de conhecidos, que ia aumentando. Mamãe redescobriu os Abramovicz em uma instituição judaica da esquerda chamada "A Casa do Povo". Uma nova vida estava começando.

CAPÍTULO 15

São Paulo, 1928-

— Eu já estava com 20 anos e o Fernando com 18 quando chegamos a São Paulo. Sentia-me um adulto, não é! — diz Emmatchka para a entrevistadora do Arquivo Judaico, que coletava histórias de vida dos primeiros imigrantes chegados ao Brasil no início do século XX.

Ele prossegue:

— Conheci um engenheiro de nome Rodher e um outro senhor chamado Warchavchik, ambos judeus de Odessa segundo minha mãe. Esse engenheiro Rodher tinha certa evidência em São Paulo. Foi ele quem me apresentou na Companhia Telefônica Brasileira (CTB), uma companhia inglesa que controlava a telefonia na cidade. Nessa época eu havia adquirido noções de eletricidade, aprendidas no Instituto Técnico Monitor. A CTB me contratou. Eu ganhava cerca de 200 mil réis. Era muito dinheiro, não como duzentos ou 2 mil reais agora. Só havia uma única desvantagem: as folgas eram quinzenais, aos domingos, atrapalhando meus encontros nos clubes judaicos Macabi ou Cadima. Nesses clubes havia programações sociais, em especial para os jovens, com as esperadas domingueiras dançantes. Eu tinha noções de inglês, fato que me facilitou e me permitiu trabalhar como instrutor na Escola Técnica da Telefônica. Comecei a trabalhar em 5 de fevereiro de 1929. Saí de lá aposentado depois de, aproximadamente, 42 anos, em 1971 ou 1972. Fui progredindo na empresa, ocasião em que introduziram o telefone automático em São Paulo, substituindo o sistema manual, com bateria central ou manivela. Era necessário bater no gancho do aparelho para chamar a atenção da telefonista. Os aparelhos foram se transformando rapidamente com o progresso, até que bastava tirar o telefone do gancho que a telefonista atendia. A primeira estação automática foi na rua Brigadeiro Galvão, assim como a escola técnica da companhia, que preparava seus profissionais. Tudo isso era uma novidade no Brasil. Acompanhando os novos equipamentos, veio um técnico americano, Edvin Radinski, para ajudar a montá-los. Ele não falava que era judeu, mas acredito 90% que ele era. Trabalhei com ele como instrutor e, depois, simultaneamente, fiz um curso técnico de eletrônica no Colégio Mackenzie.

— Nessa época, mamãe conheceu Germano Bortz, com quem se casou em segundas núpcias. Eles foram morar na Rua Nestor Pestana, 270, creio que em 1933. Em algum período da vida, ela foi viver no interior de São Paulo, talvez em Casa Branca. Faleceu em 8 de agosto de 1937. Seu corpo está enterrado no Cemitério Israelita da Vila Mariana (quadra 2, rua 8, sepultura 121). Germano faleceu em 31 de janeiro de 1956 e está enterrado no Cemitério Israelita do Butantã (setor C, quadra 12, sepultura 29).

— Antes de mamãe se casar de novo, nós morávamos perto do Largo do Arouche. Depois, ela se mudou para uma casa grande na Rua Sabará, onde criou uma espécie de pensão. Ela alugava quartos para estudantes. Eu e Fernando fomos morar sozinhos na pensão do Gleizer, na Rua da Graça. Só judeus moravam lá, Oscar Teiman, Korkes. Depois de algum tempo, me transferi para outra pensão, e o Fernando continuou morando no mesmo lugar. Ele gostava de jogar cartas com o Teiman, eu não. Minha atração era o xadrez.

— Fernando começou a trabalhar para se tornar independente. Ele era um grande amante dos livros. Aliás, mamãe, ele e eu gostávamos de ler. Ele abriu uma biblioteca circulante na Rua João Brícola e, mais tarde, a Biblioteca Paratodos, um sistema moderno de empréstimo de livros usados que ele comprava e alugava por um valor acessível, uma espécie de sebo daquela época. Mais tarde, ele abriu o jornal *A Civilização*, fechado pelo Getúlio em 1935, junto com outros jornais editados em língua estrangeira; imposição feita pelos fascistas brasileiros. Fernando criou a "Coluna Israelita" no jornal *Diário de São Paulo*, no ano de 1941. Em seguida, angariou anúncios para esse jornal dirigido por Assis Chateaubriand. Tempos depois, Fernando fez um curso livre, por correspondência, de advocacia. Foi preciso fazer exames para revalidar o diploma, que o reconheceu como advogado. Trabalhou, inicialmente, em São Paulo até conhecer Augusta Patron, de Belo Horizonte, com quem se casou (em 13 de maio de 1945). Foram morar no Rio de Janeiro. Tiveram dois filhos: Luba e Luís. No início de sua carreira no Rio, para aumentar o soldo, dirigia seu carro utilizado como táxi ou lotação. Tornou-se um advogado reconhecido tanto no Rio de Janeiro como em São Paulo. Chegou a se candidatar a vereador pela cidade do Rio de Janeiro. Lutou intensamente contra o preconceito racial e conseguiu criar uma lei que extirpava dos dicionários da língua portuguesa palavras com sentido controverso e pejorativo, como baiano, judeu, entre muitas outras.

— Eu continuava a frequentar o Bom Retiro, bairro habitado, predominantemente, por judeus e italianos, próximo ao Jardim da Luz e da Estação Ferroviária Santos-Jundiaí. Os imigrantes desembarcados no porto de Santos chegavam a São Paulo por essa ferrovia. O Bom Retiro abrigava uma série de instituições e clubes sociais, culturais e esportivos da comunidade judaica.

Macabi, Cadima, Círculo Israelita, Casa do Povo eram alguns deles. Após nossas atividades nessas instituições, tínhamos por hábito nos reunirmos no bar do Jacob para tomar chá, na rua Ribeiro de Lima. Eu praticava ginástica no Macabi. Foi em uma dessas oportunidades que conheci Annita Maiberg, carinhosamente chamada de Yentale (Anitinha), por quem me apaixonei e com quem me casei. Ela era linda. Eu a conheci durante a festa de Purim, uma comemoração pela salvação dos judeus diante do plano de extermínio pelo imperador persa Haman, após a destruição do Segundo Templo. As articulações feitas pela rainha Ester culminaram na salvação dos judeus. Yentale, nessa comemoração anual, foi eleita a rainha da festa, a rainha Ester.

— Nosso grupo de amigos, cerca de dez ou doze rapazes e moças, andava sempre junto. Houve um baile no Círculo Israelita, creio que na Rua Santa Ifigênia, e, após o baile, de madrugada, fomos todos para a estação ferroviária da Luz. Embarcamos em um trem para Santos para passar o dia e tomar banho de mar. Yentale já era minha namorada, e assim foi, até nos casarmos, em 5 de agosto 1934. Um episódio inusitado mobilizou a longa cerimônia, que aconteceu na sinagoga *sefaradi* da Rua Abolição, apesar de ambos sermos *ashkenazi*. No ritual do matrimônio, as pessoas ficavam sentadas, não sei por quanto tempo, enquanto a noiva dava voltas ao meu redor, ambos debaixo da *chupá* (tenda cerimonial), até que uma das velas cerimoniais incendiou o véu dela. Foi uma grande correria, inesquecível, para apagar o fogo. Eu não era religioso, mas a mamãe era, e os pais da Yentale também. Mamãe falava iídiche muito bem, mas o papai, não, só russo. Yentale estava com 22 e eu com 26 anos quando nos casamos.

— Na casa dos meus pais só falávamos russo. Depois de casados, eu e Annita falávamos só em português. Continuamos frequentando o Círculo, o Cadima. Mantínhamos os mesmos círculos de amigos. Yentale abriu uma lojinha no Largo da Misericórdia, no centro da cidade, onde vendia gravatas. Esse negócio durou pouco, pois os donos do imóvel resolveram derrubar o prédio para construir outro maior e mais moderno. Arranjamos outra lojinha na Rua Quintino Bocaiúva. Coisinha pequena assim — Emmatchka gesticula com as mãos para exemplificar, e conclui —, mas o lugar já não era tão bom para negócios. Passados três anos de casados, nasceu nosso primeiro filho, Hélio, em 7 de maio de 1937. Annita resolveu parar de trabalhar para cuidar dele. Ela cuidava do filho, dos filhos mais do que...

Sem concluir o que iria dizer, prossegue:

— Annita e eu economizamos e compramos um plano de capitalização da Companhia Sul América. Passado algum tempo, fomos sorteados. Com a quantia acumulada, compramos uma casinha, um sobrado geminado na Alameda Campinas, 1039, no bairro do Jardim Paulista. Foi maravilhoso, mas era bem longe do Bom Retiro. A casinha tinha dois quartos e um banheiro em cima, e no andar de baixo eram duas salas, a cozinha e um quarto nos fundos, que servia de oficina, onde à noite eu trabalhava como rádio-técnico. Com o tempo, construímos um quartinho no quintal para a empregada.

— A rua de terra terminava em uma esquina, e, depois dela, não havia nem calçada. Contratamos uma mocinha que vinha nos ajudar nos cuidados da casa para que Yentale pudesse cuidar melhor das crianças. No final de cada dia, eu precisava acompanhá-la. Ela tinha medo de andar sozinha, pois precisava atravessar um matagal mais além da Alameda Lorena e depois de uma rua mais larga, talvez Rua Estados Unidos. Nessa ocasião, estavam inaugurando o túnel da Avenida Nove de Julho, em 1939.

— Nessa ocasião, eu trabalhava na rua Quintino Bocaiúva. Ia para o trabalho de ônibus depois que abriram o túnel da Nove de Julho. Era um ônibus amarelo. A primeira vez que peguei aquele ônibus me surpreendi ao ver tanta luz dentro dele, sem entender o porquê daquilo.

— A Segunda Guerra Mundial estava no fim quando o David nasceu, em 24 de março de 1945. Foram oito anos de intervalo entre um filho e outro.

— Os meninos foram para a escola. Sim, primeiro foi o Hélio, que estudou perto de casa, no Externato Teixeira Branco. Encontrávamos nas redondezas as diretoras da escola, dona Rute, dona Eleusa e dona Anita, que moravam próximas dali.

— Hélio, após o primário, entrou na Escola Caetano de Campos. No início, ele ia de ônibus. Eu ia em um outro ônibus, atrás do dele, para ver se ele ia mesmo para a escola. À noite, Annita e eu esperávamos ele voltar para casa, preocupados. Eu ficava na janela esperando por ele, de luz apagada, para que ele não visse que estávamos acordados. Só íamos dormir depois que ele chegasse. Após terminar o colégio, ele fez o serviço militar, o CPOR. Cursou economia na Universidade de São Paulo, na Rua Dr. Vila Nova, próximo ao Colégio Mackenzie. Depois, casou-se com Flora Kocin, com quem teve três filhas: Elaine, Tânia e Simone.

— Davizinho também cursou todo o primário no Externato Teixeira Branco, na Rua Guarará. Em seguida, fez o ginásio e o científico no Colégio Rio Branco. Aos 11 anos, em 1956, ele foi para uma colônia de férias da comunidade judaica. Ao visitá-lo em um fim de semana, Annita e eu levamos como lembrança para ele um relógio de pulso à prova d'água que havia pertencido ao Germano, o segundo marido de minha mãe. Seria uma recordação de um encontro que nunca houve entre eles. Era uma lembrança que eu havia guardado comigo, recebida do Germano, e que passava para o David.

— Tomado de alegria e orgulhoso do que acabara de ganhar, David colocou o relógio no pulso, na expectativa de se exibir e de pôr à prova a qualidade do relógio. Mergulhou em um reservatório d'água, uma lagoa turva onde os garotos se banhavam. Quando emergiu, cadê o relógio? Tinha ficado no fundo da lagoa, para tristeza de todos. Mais tarde, ele entrou na Escola Paulista de Medicina da Universidade Federal de São Paulo, onde se formou médico em 1969. Lembranças que me preenchem.

— Moramos na Alameda Campinas até o David completar 6 anos. Em 1951, nos mudamos para a casa da Rua José Maria Lisboa, 155, contígua à casa da irmã da Annita, Beile (Berta em português), casada com José Tannembaum, que, nessa época, já havia falecido. Essa casa era maior do que a da Alameda Campinas. Possuía um quintal estreito, comprido e com grande declive, comum às duas casas. No fundo, havia uma garagem para cada casa; uma delas servia como oficina de rádio-técnico, atividade que me acompanhou por cerca de quarenta anos.

— Fiquei na telefônica até 1971-1972. Pretendia me aposentar, mas tive o azar de ser atropelado na Avenida Barão de Limeira. Preparava-me para atravessar a avenida quando uma Kombi subiu na calçada e atropelou a mim e a um senhor que estava ao meu lado. Mais tarde, soube que ele havia falecido. Por coincidência, era um judeu que morava em Santos. Ele tinha vindo para cá fazer compras. Sei que tive várias fraturas, na perna esquerda e na cabeça. Fiquei afastado do serviço, no hospital e em casa, por uns seis meses ou mais.

— Nessa época, a CTB estava se transformando em Telesp (1973), uma companhia do governo. O quadro de funcionários se ampliou, e foram criadas várias categorias profissionais. Eu já estava com 42 anos de serviço. Era preciso dar emprego para os coronéis. Eram muitos coronéis na revolta de 1964, não é! A CTB ofereceu dispensa voluntária, mas ninguém queria ir embora. Eles ofereceram vantagens, como pagar indenizações e complementações. Éramos seiscentos funcionários. Não era justo sair da empresa e continuar ganhando a mesma coisa. Saímos, é claro. A função era dar lugar para os coronéis. Me aposentei depois de 42 anos de trabalho. Como homenagem, ganhei um sininho de ouro cravado com uma esmeralda no centro, uma joia para ser colocada na lapela do paletó.

— Eu chegava da Telefônica, comia alguma coisa e ia trabalhar na oficina até tarde da noite. Não tinha sábado nem domingo. Deixei essa atividade quando a vista não me permitiu mais enxergar as peças. Além disso, o desenvolvimento tecnológico da eletrônica era tal que se tornara difícil acompanhar. Transistores e circuitos eletrônicos impressos e integrados faziam a diferença. Foi nessa época que resolvi parar.

— Depois que me aposentei da CTB e da atividade como rádio-técnico, sentia a necessidade de trabalhar. Eu não gostava de ficar parado, estava acostumado a ter atividades, e não só por dinheiro, queria me sentir útil. Aceitei a sugestão de vender livros. Procurei a Editora Guanabara Koogan, do Rio de Janeiro, representada em São Paulo pela Editora Delta, editora da Enciclopédia Delta Larousse, traduzida da versão original francesa Larousse Méthodique.

— Eu procurava pessoas conhecidas para vender. Um contava para o outro, aumentando o número de interessados. A maioria da clientela era de judeus. Quando foi lançada a Enciclopédia Judaica, passei a vendê-la até 1991. Precisei parar devido a problemas na perna, que se agravaram em consequência do atropelamento, da idade, artrose e bico de papagaio. A venda de livros era uma atividade muito agradável. Eu estudava muitos assuntos e tinha a oportunidade de conhecer pessoas. Sentia-me fazendo algo de útil; isso era muito bom.

— Um dia, Annita e eu estávamos sentados em um banco na pracinha perto de onde morávamos, na Rua Bela Cintra.

Próximo dali, no final da Rua da Consolação, íamos até lá passear. Um carro parou e dele saiu um casal jovem. Eles se sentaram em um outro banco ao lado do nosso. Passado algum tempo, a moça se aproximou: "O senhor me dá licença de fazer uma pergunta". "Claro. Pois não... se eu souber responder." "Como vocês conseguem... viver... estar casados por tanto tempo?"

— Ela viu que tínhamos cabelos brancos, com muita idade. E prosseguiu dizendo: "Sabe, é que sou noiva. Estou com meu noivo aqui e quero me casar, mas tenho muito medo de que não dê certo."

— O noivo se aproximou para ouvir melhor, e eu disse para eles: "Sabe, casar é uma nova etapa da vida. As pessoas precisam procurar se entender. Compreender um ao outro. Aprender a tolerar. Ter paciência é essencial". Eles agradeceram e foram embora.

— Eu não tive educação judaica. Annita, sim, ela teve uma criação judaica. Eu não tive, pois, numa parte mais ativa da vida meus pais, Fernando e eu estávamos viajando, tendo de ir de um lugar para outro, fugindo para sobreviver. Eu sinto que sou judeu, apoio o judaísmo, concordo, gosto, quero, mas não no sentido religioso. Neste sentido, é a Annita quem me leva ao Clube A Hebraica, no *shill*, sinagoga, para assistir a reza do *Kol Nidrei* no Yom Kippur. É lindo, a música maravilhosa, mas se ela não for, sozinho não vou. Para os filhos, a única formação que demos para eles foi de frequentarem a CIP [Congregação Israelita Paulista] e A Hebraica. Os pais da minha nora, Flora, moram no Bom Retiro. Por isso, Hélio e Flora moram lá também. Minha nora queria ficar perto dos pais dela. Quando vejo uma notícia de ou sobre Israel, isso me anima. Nós já fomos para lá. Gostei muito. Não há dúvida, aquele país é fabuloso. Estivemos em Eilat, e o guia nos disse: "Vejam, onde tem verde é Israel. Onde tem areia é Jordânia".

— Mas meu país é o Brasil. Eu gosto daqui, apesar dos problemas. Não há lugar no mundo sem problemas?

— Nunca desejei voltar para a Rússia, para Odessa. Adoro a música, a literatura, a comida russa. Gosto de cantar "Otchichornia" com Cecília, tia da Ruth, esposa do David. Ela toca piano e nós dois cantamos, assim como gosto da música iídiche. Adoro a comida iídiche: *gefilte fish*. A música de Israel tem muito de árabe. Gosto da música europeia. O pouco de iídiche que eu aprendi foi com a Annita, depois de casado. Ela e eu falamos o iídiche para que a *shikse*, a empregada, não entenda; também os filhos. Eles acham ruim, pois nós não ensinamos para eles. Quero dizer uma coisa: o iídiche na Rússia do meu tempo, no meu bairro, era uma língua de segunda categoria. Quer dizer, o iídiche não era língua para se falar, tanto que meus pais, isso eu me lembro bem, não falavam iídiche. Na Rússia, quando os pais falavam iídiche, era para os filhos não entenderem, como aqui. Os pais da Annita não queriam que ela se casasse comigo. Diziam que eu era um *goim*, um não judeu, um oriental, um sírio, um *sefaradi*. Acho que meus futuros sogros queriam me inspecionar, ver meu corpo, para ter certeza de que eu fiz a *brit-milá*, que eu fui circuncidado. Pode ser que tenham me olhado às escondidas. Isso eu não sei. Meu sogro era muito religioso, um daqueles fanáticos.

A entrevista terminou em meio a risos, beijos e abraços. Havia muita gratidão.

CAPÍTULO 16

Reencontro com o passado

Revendo a história de meu pai e avós, bem como textos recentes que escrevi,[1] percebo que segui um percurso na busca do que ficou escondido, não dito, ou, até mesmo, não inscrito em mim. Há uma expressão popular que diz: tirar leite de pedra. Parece que estou tentando extrair algo que acredito ter ficado escondido nas criptas do inconsciente, à maneira de Chagall, ao fazer com que noivas e cabritos atravessem o teto das casas em sua querida e nostálgica Vitebsk. Por meio de palavras, faço emergirem sentimentos e emoções inscritos nas memórias profundas, ao querer incorporar, devorar, a totalidade de meu pai em suas origens.

Lembrei-me de certos povos primitivos que devoravam seus inimigos, não para destruí-los, mas para incorporar qualidades como coragem, valentia, capacidade de luta, poder. Chagall consegue expressar com doçura e magia características primitivas de

---

1 "Entre elos perdidos"; "A vida?... é logo ali"; "Um monge no divã"; "A estética de uma amizade".

sua gente, tão presentes nele que, ao almejar se expandir, chegou a São Petersburgo, Moscou, Paris, Israel. Alcançou o mundo em suas origens. Eu também quero ampliar meu universo, conquistar o mundo para descobrir e preencher lacunas, desvendar cavernas carregadas de histórias, dominadas pela escuridão das profundezas e do nada. Trajeto que ajuda a compreender o percurso trilhado, a fim de atenuar as lacunas existentes na história vivida entre mim e meu pai no que tange à infância. Quem sabe, mais a minha do que a dele, que jamais será alcançada. Lacunas em minha memória devem ter gerado vazios a serem preenchidos, mas vive melhor quem aprende a suportar lacunas em seu ser, pois jamais se conseguirá preenchê-las na plenitude dos conhecimentos. Mas, e quando se é teimoso? Trata-se de uma força vital que compõe nossa natureza, a capacidade de suportar o desconhecido. Precisamos dessa capacidade para conviver com o vazio, mas isso não é uma garantia de paz, apenas uma possibilidade.

O gosto pela história e as interpretações que se podem dar sobre um mesmo fenômeno são vividos de formas diferentes pelas pessoas envolvidas no processo de observação, na leitura dos levantamentos documentais, com visões e interpretações distintas dos fatos ocorridos. Dependendo do ângulo de observação do fato, a realidade captada é outra para o mesmo observador e para observadores diversos. Nisso se enquadra o que alguns chamam de subjetividade; a leitura individualizada feita a partir de cada um. Evitei fazer julgamentos sobre o que relatei. Procurei oferecer uma visão histórica a partir dos dados coletados e de acordo com a seleção e interpretação feitas por mim. É a minha subjetividade.

Arriscaria dizer que estou encontrando meu próprio irmão eleito, um encontro comigo mesmo, fazendo alusão ao livro de um dos meus melhores amigos, um irmão eleito, *un hermano elegido*, como foi Luís Kancyper (2014). Um reencontro de pensamentos e sentimentos que dão certa coerência ao meu eu e que podem explicar, ou, pelo menos, ajudar a relacionar a grande emoção que emergiu em mim ao ver as telas do Chagall naquela exposição em Paris. Algo que me remeteu às lacunas, às criptas do meu ser, onde se encontram escondidas memórias do *schteitl*, de Yedenitz, de Moldavanka e da Pérola do Mar Negro, Odessa.

Os quadros do Chagall, por sua origem e fatos da história judaica, deviam estar presentes tanto em meu pai como em mim, identificados com eles em seus traços de personalidade, nos medos e nas dificuldades sociais transmitidas involuntariamente, e agora atualizadas em mim como possíveis memórias e lembranças.

A retrospectiva histórica percorrida pelos meus antepassados ucranianos e da Bessarábia na fuga para o Brasil deve ter deixado marcas em meus pais e em mim. Eu e Chagall estamos em ressonância, um na imagem, o outro na palavra, narrativas distintas de um mesmo fenômeno que me unem a meu pai e a Chagall. Com certeza, tragos de boa vodka, quem sabe da Levitsky-Staritsky, ajudam a quebrar barreiras, a romper fronteiras, e aproximam os sentimentos nas artes, na música, na pintura e na literatura.

O quadro do rabino na sala de jantar da casa dos meus pais, colocado acima da cabeceira da mesa onde meu pai se sentava, simboliza o ponto de encontro entre passado e presente, atualizado nas lembranças que estão emergindo a partir da extraordinária exposição visitada em Paris em 2013. Nada está morto, pelo contrário, a morte dá sentido à vida; *chai*, diria algum judeu místico. Meu pai esteve e está presente ao longo dessas linhas e nas entrelinhas das interpretações.

Os segredos que suponho existir em mim devem ser reais na interioridade inalcançável do meu ser. Não há mãe, pai ou relação que se estabeleça capaz de decifrar o todo e o tudo. Talvez seja esse desejo que cada um de nós carrega e que nos impulsiona no encontro do conhecimento. Tudo o mais, o inalcançável, seguindo a filosofia de Maimônides, deve fazer parte do sagrado, do divino, até que se transforme em percepção, em conhecimento, em linguagem, em pensamento.

O encontro com essa escuridão é terrível, amedrontador, caótico, a ponto de nos conduzir a buscar amparo, e o primeiro ser a se fazer presente é a mãe. Talvez, por isso, eu sinta que minha mãe é conhecida. Deve ter sido por meio dela que fui introduzido ao meu pai. Pode ser que o sentimento de falta, de carência da presença dele, por mim relatado, tenha se devido ao pai inalcançável, distante, mas não ausente, que trabalhava muito, como eu aprendi a trabalhar. Condição que pode ter tolhido as possibilidades de um conhecimento mais íntimo entre nós. Pode ser que meu pai nunca tenha me segurado no colo, mas eu fui atrás de tantos mestres e à procura de figuras significativas e simbólicas de um pai. Penso ter encontrado, em cada uma dessas pessoas, um pouco de pai pelo tanto que admirei e incorporei. Pais e mestres nomeados ou anônimos, a ponto de ter criado, com muitos deles, vínculos de profunda amizade. No fundo, um encontro comigo mesmo.

Inspirado na pesquisa que aqui relato, fui às origens para resgatar minhas raízes. Motivado pelos temas de Chagall, pensei conhecer Odessa. Lendo textos diversos, descobri que Vitebsk e Yedenitz são cidades muito diferentes daquilo que se poderia esperar na Pérola do Mar Negro, entre falésias e avenidas arborizadas.

Em meu imaginário ingênuo, eu encontraria uma Odessa semelhante àquilo que "vi" no texto *Ma vie*, ou na imagem do *Violinista*, pintada por Chagall em 1913. Seria algo equivalente ao descrito em "Tévye, o leiteiro", de Scholem Aleichem. Mas o estudo da história mostrou uma outra Odessa, de vida fulgurante, uma cidade que deu origem à música *Klezmer*. A história de suas formações é maravilhosa e surpreendente, das planícies imensas e férteis despovoadas, disputadas por muitos, passando por sua época áurea, a das inovações introduzidas pela tsarina Catarina, a Grande, até o que a cidade é na atualidade.

Agora que a história de meu pai já é um pouco conhecida, compartilho alguns fatos e pensamentos a partir das descobertas de um passado presente em mim, real ou imaginado, não importa, mas que me acompanha. Situações marcantes e emoções que afloraram em minhas lembranças durante esta regressão no tempo. Recordações que vieram sob a forma de associações espontâneas conforme eu ia escrevendo e que, suspeito, se relacionam com as imagens de meu pai estruturadas em mim, ou a falta delas, ao longo da vida.

Ao me indagar sobre as emoções vividas naquela exposição do Chagall em Paris, como observador de mim mesmo, evoco imagens que me ajudam a esclarecer, amenizar e harmonizar inquietações quanto às interferências da infância de meu pai sobre a minha própria infância. Parte dos meus medos infantis deviam estar relacionados às experiências vividas por meu pai em sua infância, nunca reveladas, transformadas agora em história. Processo que preenche lacunas que se reorganizam conforme escrevo. Isso me acalma. Adquire sentido e dá compreensão ao nosso distanciamento.

Escrever me ajuda a lembrar de fatos, a dar uma certa ordem e continência aos meus sentimentos nesse processo de busca. As motivações que trouxeram a família de meu pai para o Brasil, o que enfrentaram nesse difícil processo de decisão, questões pouco ou nunca faladas em família. O passado por eles vivido se refletiu, por certo, em minha infância, na minha criação e, em consequência, nas ansiedades e medos que vivi. Tento compreender meu pai, que foi, para mim, um quase desconhecido durante minha infância.

Após a exposição do Chagall e a leitura de *Ma vie*, procurei documentos e fotos guardados em uma caixa de papelão abandonada em minha casa, retirada do apartamento após a morte de meus pais e nunca mexida. No meio da papelada estava a gravação em fita cassete, realizada pelo Arquivo Histórico, em 1995. A transcrição foi recuperada por meu filho Ricardo junto ao Museu Histórico Judaico de São Paulo, que absorveu aquele arquivo.

À época da entrevista, minha mãe estava com 83 anos, se recuperando de um acidente vascular cerebral (AVC) que a deixou com a fala comprometida e uma limitação de movimentos do lado esquerdo do corpo. Com muito esforço pessoal e diversas terapias, ela melhorou, porém pouco se lembrava dos primeiros anos de sua vida no Brasil, em São Paulo. Meu pai, Emmanuel (Emmatchka), aos 87 anos, lúcido, cuidava da Yentale (Annita) como um cão fiel, 24 horas por dia, sete dias por semana, sem sair do seu lado, com paciência e carinho. Afogava sua dor, raiva e solidão no silêncio, raramente quebrado quando da visita de algum filho ou de amigos, pouquíssimos, no fim da vida. Meu pai gostava de jogar xadrez, mostrar sua coleção de selos, cantar velhas canções russas e declamar animado por um trago de vodka. Nicolau, meu amigo cristão-ortodoxo, reunia-se com ele; alegres, cantavam e declamavam em russo.

Admirador profundo da obra do pintor bielorrusso Marc Chagall, meu pai mantinha presente na sala de jantar do seu apartamento uma reprodução do *Rabino de Vitebsk*, conhecida como *O judeu orando*, de 1914.[2] Imagem de um religioso, barbudo, visto de frente, paramentado com um *tallit* que lhe cobre a cabeça, enquanto o *tefilin* envolve o braço esquerdo e a fronte, cuja força do olhar impressiona. Portador de um olhar profundo, meigo, introspectivo, faz sentir a presença da fé, da reflexão, da sabedoria e da humildade. Traz ao ambiente paz e sobriedade com marcas do divino, do deus interior e da natureza, contradições imersas nas imagens que guardo do meu pai.

---

2 Marc Chagall, *O rabino de Vitebsk*, óleo sobre tela, Galeria Internacional de Arte Moderna Ca' Pesaro, Veneza.

Nos últimos anos de sua vida, quantas vezes o vi chorando, silenciosamente, afundado em sua poltrona preferida. Ele tentava acariciar os cabelos de minha mãe em um gesto de ternura e compaixão, mas ela reagia violentamente, atacando-o com sua bengala. Ela não podia reconhecê-lo como o seu amor depois de mais de sessenta anos de casados. Confundia-o com algum estranho abusador, tomada pela regressão senil, agravada pelas sequelas do acidente vascular cerebral. Cuidava da Yentale sem se queixar, aprisionado no silêncio das memórias e do sofrimento. Lembrava, provavelmente, do passado. Recordava momentos, jamais compartilhados, de sua intimidade com Yentale, entre amores e desavenças.

Olhando para trás, recordo-me dos anos de sessões de terapia e de psicanálise.[3] Iniciei-as ainda na infância, na perspectiva de me acalmar, de me livrar da criança sofrida guardada em mim, tomada de fantasmas e pesadelos, violências que me tiravam o sono do menino tímido, amedrontado e sem amigos. Fazer essas revelações gera um sentimento de intimidade, de trabalho interior na busca de uma melhor compreensão de minha natureza, e me torna cúmplice dessa história.

Minha infância e início da adolescência foram períodos tristes, tensos, solitários, pouco criativos. Meus grandes amigos foram dois cachorros: Dunga, um vira-lata racista, que levou meu pai a assinar um termo de responsabilidade na delegacia, e depois Dany, um misto de pastor-alemão, amigo e companheiro inseparável. Eu era o filho mimado de minha mãe, enquanto meu irmão, Hélio, parecia ser o preferido de meu pai. Era o primeiro da classe, o sucesso. Eu teria de ser sempre o segundo? Haveria algo que eu pudesse fazer para ser o primeiro e me sentir reconhecido pelas minhas proezas? Sentia inveja da liberdade que ele tinha, das

---

3 Bettina Katchenstein, Moisés, Cacilda Cuba dos Santos, Cesar Otalagano, Yutaka Kubo.

coisas que podia fazer, e ódio de suas brincadeiras, que me atraíam e que terminavam em briga, desprezo e submissão.

Vivíamos mundos distintos. Momentos de proximidade entre nós foram poucos. Uma única vez, ele e meu pai me levaram a uma matinê no Cine Pedro II, no Vale do Anhangabaú. Podiam-se fazer aviõezinhos de papel com folhas arrancadas de gibis velhos lançados na plateia. Em outra oportunidade, me levou andar de bicicleta sentado no cano. Bateu de frente em uma árvore, e eu caí de cabeça no chão. Numa terceira vez, levei dele um chute na boca. Em outra ocasião, me mandou colocar o dedo nos terminais de um dínamo elétrico e acionou a manivela; levei um susto e um choque. Eu o admirava e o odiava. Um episódio marcante aconteceu quando eu estava com 6 anos. Ele se preparava para ir a uma colônia de férias. Minha mãe fazia a mala dele. Colocou uma toalha de banho que me pertencia. Comecei a chorar desesperado. Gritava que aquilo era meu. Não era justo usar minhas coisas sem me pedir. Ela, atônita, tentava me acalmar, mas, tomado de ódio, alcancei uma tesoura e a atirei contra ele, fincando-a na porta.

Outra situação de desespero aconteceu aos 5 anos, quando implorei para minha mãe não ligar para a polícia nem chamar o homem do saco para me pegar. Eu havia xingado meu vizinho, um gordinho chato que me atazanava, que me chamava de mariquinha, veadinho, pisca-pisca, e o mandei à merda. O custo daquela transgressão resultou em ameaças e súplicas para não ser levado embora, e juras de que me comportaria bem. Sentia-me torturado, sem saber que o pavor do abandono e da morte estava em mim. Era 1950. Não podia imaginar que o terror das câmaras de gás e do Holocausto pudessem estar presentes nas memórias de muitos adultos daquela época diante de alguma transgressão. Suspeito, hoje, que meus pais poderiam ter revivido angústias, terrores, mortes e fugas de suas infâncias, em meio a sentimentos de desamparo e impotência após duas guerras mundiais.

Nas minhas horas de turbulência e desespero, eu corria para Zulmira, meu porto seguro, nossa empregada, minha protetora, para infortúnio de minha mãe.

Zulmira trabalhava em casa desde os meus 2 anos. Ela me acolhia, me enchia de abraços e beijos, até eu me acalmar. Mamãe ficava tomada de fúria e ciúmes. Pelo visto, eu sabia bem manejar essa situação para fazê-la perder o controle com Zulmira e comigo. Acabou por mandá-la embora. Mais tarde, descobri onde a moça morava e corria para a casa dela, a centenas de metros dali, em busca de aconchego. Não é que não houvesse afeto por parte de minha mãe, muito pelo contrário. Era um amor controlador e possessivo. Afeto que tolhia minha inquietude, ampliava meus medos e interditava minha curiosidade.

Eu me excitava ao misturar substâncias químicas e descobrir reações. Furtava remédios do armarinho do banheiro de casa, produtos de limpeza e de cozinha, fósforos, água oxigenada. Admirava verificar as mudanças de cores, cheiros, fascinado pela fumaça, pequenas explosões e a exuberância do fogo.

Ao redor dos 9 anos, quando morávamos na Rua José Maria Lisboa, na casa ao lado da residência minha tia Berta (Beile), ambas gritavam, cada uma postada na porta de sua cozinha, separadas por uma escada de acesso ao quintal comum. Vermelhas de ódio, olhos esbugalhados, metralhando uma contra a outra em iídiche, incompreensível para mim. Havia uma suspeita real ou imaginada de que eu poderia ser a causa das brigas. Por que isso? Eu não sei, e continuo sem saber. Os ciúmes e as rivalidades entre elas eram marcantes. As discussões se ampliaram quando vovó Tereza e tia Cecília (ambas do lado materno) vieram morar junto com tia Beile. As quatro se reuniam no quintal e se punham a brigar, sempre em iídiche; eu entrava em pânico. Desejoso de saber os porquês daquilo, ouvia de minha mãe:

— Tudo está bem.

Como podia estar tudo bem? Nada me era revelado. Apenas ouvia:

— Está tudo bem. Vá brincar. Você já fez a lição? Não é nada importante que você precise saber.

Havia segredos em relação aos quais minha mãe reagia enfurecida, gritava para elas, sempre em iídiche: *lose mup*, fique quieta! Cale a boca! Essas turbulências faziam surgir imagens assustadoras, de me tirar o sono. Eu carregava a nítida sensação de exclusão, de que desejavam me poupar de algo. Talvez, quem sabe, do meu nervosismo?

Teriam elas vivido experiências terríveis, lembranças esquecidas da Europa opressora? Conflitos que faziam-nas retornar ao passado? Que evocavam vivências de dor, de perdas de pessoas queridas, de bens, de raízes, do cheiro da terra? Questionamentos que minha criança não era capaz de pensar. Ninguém falava dos conflitos, nem do passado, nem do presente.

A casa da minha tia ainda abrigava um consultório e um ambulatório psiquiátrico dirigidos pelo meu primo Luiz. Ele realizava sessões de eletrochoque e de choque insulínico em pacientes graves. Era, literalmente, uma verdadeira casa de loucos.

Ah! Tia Cecília, de lindos olhos azuis, era um caso à parte. Cuidava de mim como o filho que não teve. Bonita, meiga e sedutora. Após o falecimento de minha avó Tereza, Cecília se mudou para minha casa. Meu irmão havia se casado. Eu passei a dormir no quarto que havia sido dele, com terraço, e tia Cecília ficou com o meu. Em plena adolescência, ela se tornou motivo de inspiração em meus sonhos. Onde já se viu sentir-se atraído pela tia, e, ainda por cima, muito mais velha? Que mente doentia a minha? Eram questões que me perturbavam. Mas tia Cecília era dona de uma vida cheia de mistérios amorosos. Teve um noivado por conveniência, realizado para agradar a mãe, que desejava partir desta vida tendo casado a filha caçula. Noivado desfeito após a morte da matriarca. Meu pai, com quem ela brigava constantemente, tinha por função a tarefa de, por ordens de minha mãe, cuidar da cunhada bonitona e controlar as saídas dela. Coitado. Dura missão. Ele resmungava, mas cumpria as ordens.

Após a dissolução do noivado arranjado com um velho careca e sem graça, coube ao meu pai, por determinação da Yentale, com a conivência da tia Cecília, devolver os presentes recebidos, inclusive o anel de brilhante dado pelo noivo preterido. Longas discussões envolveram a decisão da devolução da preciosidade recebida. Guardá-la como lembrança pelo sofrimento vivido ou devolvê-la? Decisão tomada, coube a meu pai, a contragosto dele, ser o emissário portador da difícil tarefa.

Cecília teve um longo romance secreto com um médico casado, professor emérito da faculdade. Romance que teve início na juventude, durante uma consulta desviada, acompanhada da mãe, pois moça solteira não ia sozinha ao médico, não ficava bem, e que resultou em uma linda história de amor, que durou, a despeito de rumores e sussurros, mais de 45 anos. Antes de "titio" morrer, era como tia Cecília se referia a ele em confissão a mim, recebi dele uma mensagem de apreço e admiração pela minha obra literária e profissional. Em surdina, o comentário me deixou orgulhoso, mas nunca o conheci pessoalmente. A existência dele veio à tona como uma revelação, após anos, em resposta a uma indiscreta indagação: como titia poderia viver casta, por toda uma vida, uma mulher linda, elegante e sensual?

Vovó Tereza era uma personalidade forte e muito correta. Não admitia deslizes morais. Ir à sua casa no Bom Retiro era uma aventura para quem, na pré-adolescência, morava do outro lado da cidade.

Era preciso ir até o Anhangabaú, lá pegar outro ônibus, o Bom Retiro, linha 70 ou 71, e descer próximo à casa dela. Oportunidade ímpar, pois, enquanto aguardava a chegada do ônibus, eu podia saborear no bar "os dois porquinhos", um delicioso sanduíche de salsicha, duas de uma só vez, em um pão francês fresquinho, recheado com delicioso molho de tomate acebolado. O molho escorria das mãos ao cotovelo e lambuzava toda a cara; imperdível!

Minha avó teve a primeira ou uma das primeiras fábricas de *matzah* em São Paulo. A aventura continuava na casa dela na Rua Prates, 608. Nena, uma negra retinta e muito carinhosa, que aprendera a falar iídiche, estava lá para me acolher e agradar com os quitutes, orientada pela vovó. Atravessava-se um longo corredor escuro, que distribuía para os quartos, e se chegava à sala de jantar. Em seguida, passava-se pelo quarto do primo Luís. Seguia-se pela cozinha, atulhada de panelas borbulhando em um forno a lenha, e se alcançava o quintal, uma área coberta por folhas de zinco onde só se podia permanecer durante pouco tempo, para não atrapalhar os dois homens vestidos de branco que trabalhavam na produção de *matzah*. Carregavam sacos de farinha, cuidavam do grande forno a lenha, produziam a massa e colocavam-na em uma esteira para fazer as bolachas quadradas e perfuradas, que eram levadas ao forno para serem assadas. Vez por outra, viam-se ratazanas gigantes, bem alimentadas, correndo de um lado para outro na tentativa de se abrigar da vassourada mortal.

Meu avô materno não conheci. Carrego seu nome, um costume judaico de homenagear um ente querido falecido. Também carrego o nome de meu avô paterno. Tanto o avô materno como o bisavô paterno eram religiosos, mas meus avós paternos eram bem assimilados.

Muito do que meu pai aprendeu sobre judaísmo veio da convivência com a família de minha mãe, pela sua dedicação à filatelia, com coleções temáticas do mundo, de personalidades da vida judaica e da fundação do Estado de Israel. Ele era um autodidata. Não falava iídiche, mas conhecia bem o russo e sua literatura clássica a partir dos textos dos grandes escritores. Lia Tchekhov e Dostoiévski no original. Declamava Pushkin de cor. Apesar das recordações gravadas em sua memória dos tempos de Odessa, nada comentava sobre sua terra natal. Quando e por que a deixou? Por que só falava russo e não iídiche, como outros judeus do Império Russo? Que tipo de educação recebeu? Questões que flutuaram por muito tempo em minha mente, sentindo-o um estranho conhecido, cujo modo de ser era diferente do padrão que eu identificava na família de minha mãe.

Não me lembro de ele ter me pego no colo, de ter sentido o calor do seu corpo e seu abraço. Porém, nunca me esqueci quando, aos 5 anos, tive um quadro suspeito de tuberculose, e o pediatra,[4] ao auscultar meus pulmões, encostou a cabeça em meu peito. Eu acariciava seus cabelos brancos cortados à escovinha. Lembrança marcante resgatada quando, na fila do banco, já adulto, o reconheci. Abracei-o com a ternura que restara em minha memória, algo que nunca vivi com meu pai.

A busca da verdade e da justiça fizeram parte desse arsenal de lembranças, gerador de inúmeras contradições pessoais e familiares. Fenômenos que levaram meus pais à lucidez de me encaminhar, ainda menino, a profissionais especializados e, até mesmo, a tomar água benta distribuída pelo padre Donizete de Tambaú. Diante do desespero deles e do meu sofrimento, quiseram que eu fosse visitar o padre. Recusei veementemente visitá-lo, mas acabaram por me fazer beber daquela água. Cedi a contragosto. Bebi sem fé e sem resultados. Duvidava e temia os poderes daquela água mágica, que prometia cura, enquanto enriquecia uma certa cúria.

---

[4] Dr. Pedro Refinetti

Meu pai foi um presente ausente, inalcançável para mim. Trabalhava na Companhia Telefônica Brasileira durante o dia e, à noite, em um quartinho nos fundos de casa, em sua oficina de rádio-técnico. Lugar desejado, cheio de curiosidades, e temido pela bronca em potencial se algo saísse do seu devido lugar. Na garagem transformada em oficina havia uma grande bancada, feita de madeira grossa, onde se acumulavam aparelhos de alta-fidelidade, rádios, vitrolas, radinhos portáteis, aparelhos de TV, osciloscópio para calibrar potenciômetros. Em caixinhas de madeira de queijo Catupiry ele guardava peças dos aparelhos desmontados à espera de reparos. Mexer em alguma delas era sinal de perigo. Na ausência dele, eu gostava de ficar lá, observando e tocando em um amontoado de válvulas estranhas, alicates de ponta, de corte, grifos, chaves de fenda, ferro de soldar, uma diversidade de porcas e parafusos, condensadores, autofalantes, telefones e outros aparelhos usados. Um mundo curioso, complexo e inalcançável, que estimulava a curiosidade infantil, aumentava o mistério sobre o funcionamento interior das coisas. Eu sentia admiração por algo inalcançável em meio a fios, resistências, transistores, agulhas, fita isolante. Tomar um choque e causar um curto-circuito era fácil. Algumas vezes, ficava ao seu lado, observando-o em seu trabalho, em silêncio, pois perguntar não valia a pena. Ele nunca brigou comigo, talvez alguma pequena bronca por mexer em algo daquela bancada, mas valia a pena, na esperança de sentir sua presença e despertar interesse por mim.

Eu devia ter uns 10 anos quando fui visitá-lo na sede da estação telefônica da linha 31, na Rua Bela Cintra. Ele era o diretor da escola de telefonia da CTB. Senti-me orgulhoso por estar ali com ele, sentado em uma bancada, falando com seus amigos de trabalho. Nessa mesma época, por ocasião do meu aniversário, minha mãe me levou até uma loja, onde me encontrei com meu pai para que comprasse um presente para mim, um barco de pirata em madeira e velas de pano. Fiquei em estado de êxtase. Por ocasião do *bar mitzvah*, ganhei uma bicicleta Phillips, usada, muito boa. Anos depois, com o dinheiro que havia recebido como presente de aniversários, encontrei-me com meu pai na Fotóptica da rua Conselheiro Crispiniano para comprar um microscópio Meopta usado. Antes, tive um outro, mais simplesinho, que me permitiu dissecar o primeiro aparelho digestivo de minha vida, o de uma barata, adequadamente anestesiada com éter.[5] Suspeito que foram encontros orientados para nos aproximarmos.

As ambições de querer ser um dia, não o primogênito, mas o primeiro, era outra sombra a me acompanhar. Havia em meu íntimo pressões e uma violência inominável, explosiva, que, vez por outra, se manifestava de forma assustadora. Na verdade, arrasadora para mim, talvez nem tanto para o meu entorno. Eu era o estranho de mim mesmo projetado na vida.

Quando do término do ciclo fundamental, antigo ginásio, fui agraciado com o prêmio Barão do Rio Branco, dado ao melhor aluno daquele ano, e o recusei. Achei que tinha havido um erro de avaliação. No dia da entrega fui falar com o diretor, para tristeza de meus pais. Creio que minha arrogância e senso de justiça me levaram àquela atitude, da qual hoje me arrependo; uma suposta honestidade que teria feito bem para minha autoestima, mas a autocrítica venceu.

Na faculdade de medicina, durante uma assembleia para tomada de decisão relativa a uma greve, diante da proposta de votação, sugeri voto aberto, enquanto outros defendiam o voto por aclamação. Estávamos reunidos no pátio, em pé, quando um colega, diante da minha sugestão, voltou-se para mim, dizendo:

---

5 Contava, na ocasião, com o auxílio de livros do Instituto Brasileiro de Ensino em Ciências (IBEC), extraordinários. Se não me engano, a instituição era coordenada pela professora Raquel Guevertz, cujo irmão, Max Guevertz, mais tarde, tornou-se meu professor de química e meu incentivador no Colégio Rio Branco, junto com o professor Tabor, de biologia. Ambos acreditavam nos meus potenciais para cursar medicina.

— Seu judeuzinho, vá embora daqui, volte pra sua terrinha!

Avisei-o de que se ele repetisse aquilo, eu lhe quebraria a cara. Ele não teve dúvidas, repetiu. Eu também não tive dúvidas, acertei-o no olho esquerdo. Foi o maior soco dado em minha vida. Ele caiu no chão e lá ficou. Eu corri, amparado por colegas que me colocaram no primeiro ônibus que passava, visto que a turma dele queria me pegar. Ao chegar em casa, apavorado, assustado com a minha reação, mas orgulhoso de meu ato, contei para meus pais, desejoso de ouvir uma palavra de aprovação e orgulho. Tomei do meu pai a maior bronca por ter reagido. O reitor me suspendeu. Mas, graças à intervenção de dois professores do Departamento de Pediatria,[6] houve um movimento de reação junto à direção da Escola Paulista de Medicina no sentido de que ou os dois alunos sofreriam punições ou nenhum deles. Era sabido que o diretor da faculdade naquela época era tido como simpatizante do nazismo, antissemita e ultradireitista, apoiador da ditadura militar vigente. A EPM pertencia ao governo federal. Resultou que minha punição foi retirada, e tanto eu como meu agressor fomos advertidos.

Passados anos de formado, meu colega se desculpou e tornamo-nos amigos. Ele teve a humildade de reconhecer seu erro. Hoje, ele identifica parentes judeus e admite afinidades com o mundo judaico. Conto isso para sinalizar diferenças de interpretação frente às reações em função das experiências vividas ao longo da vida. No caso, meu pai reagiu de acordo com suas vivências de violência, desde o Império Russo tsarista, e com o fato de ter passado por duas guerras mundiais. Ele, como muitos judeus, foi um dos que tiveram sorte e sobreviveram. A minha reação foi de alguém que tinha por trás de si a existência do Estado de Israel e da comunidade judaica para me proteger, bem como clareza e revolta diante das submissões vividas pelos meus antepassados.

---

6 Professores doutores Benjamin Kopelman e Benjamin Schmidt.

Demorei para entender a reação de meus pais, principalmente a do meu pai. Posso respeitar os sofrimentos e medos que viveram, ainda que não aprovasse sua reação para comigo. Mas o passado por ele vivido deve ter vindo à tona. Imagine, na Ucrânia do início do século XX e, depois, no regime stalinista reagir publicamente e de forma agressiva a uma provocação pelo fato de ser judeu? Resultaria, por certo, em graves consequências.

As dificuldades econômicas pelas quais passaram meus pais levavam minha mãe a dizer, com frequência, que o dinheiro não caía do céu, que era preciso trabalhar duro. Ficava no ar uma questão:

— Por que, apesar desses momentos marcantes no encontro com meu pai, eu sentia não haver intimidade, não existir certa cumplicidade entre nós?

O clima que tento descrever motivou anos de terapia e depois de análise de divã, reveladoras de conflitos de amor, ódio, ciúmes e inveja, rivalidades fraternas, luta por autonomia, autoafirmação, busca de superação de minha personalidade *off-road*. Ser o caçula, o protegido da mamãe, tinha um alto custo para minha autoestima frente às exigências externas e expectativas pessoais. Meu herói precisava matar os Golias que me ameaçavam, entre eles, meu pai, um lutador, e meu irmão, de reconhecida competência escolar e aparente obediência às vontades dos pais. Mais esperto do que eu, quando ele ia apanhar por ter cabulado aula, colocava algum caderno por dentro das calças para não sofrer tanto das surras que levava.

Em plena adolescência, por volta dos anos 1960, tive a oportunidade de passar um ano em Israel com a perspectiva de fazer *aliá*, transferir-me para aquele país, para onde meu primo Max, meu ídolo, havia se mudado em 1949. Um dos fundadores do *kibutz* brasileiro Bror Chayl, ele era o meu herói. Dois rapazes de uma organização judaica vieram pedir autorização aos meus pais para essa viagem, autorização negada, e eu não soube me impor.

Mais tarde, aos 20 anos, tive uma nova oportunidade, convidado para coordenar um grupo de jovens que passaria dois meses naquele país. Ruth, minha namorada, insistia em querer vir junto, mas os diretores da organização não permitiram, pois podia gerar inconvenientes permitir que um casal de namorados viajasse sozinho, mesmo com o consentimento de nossas famílias. Poderiam surgir comentários depreciativos à possível conduta desses jovens enamorados. Mais uma vez, eu não soube me impor.

Nova oportunidade surgiu como secretário de uma associação brasileira ligada a um organismo social e de previdência de Israel.[7] Naquela época, eu estava me formando médico e pretendia fazer pediatria. Quando a bolsa de estudos chegou, fui direcionado para o hospital de Bersheva, recém-inaugurado. Casado, havia mudado minha especialização para psiquiatria infantil. Resultado: recusei a bolsa. Fiquei temeroso de ir para o deserto, para uma cultura totalmente diferente. Ruth, envolvida em pesquisas sobre aconselhamento genético em distrofia muscular progressiva, no Laboratório de Genética Humana da Universidade de São Paulo (USP) e na clínica neurológica do Hospital das Clínicas em São Paulo, não se mostrou interessada nessa aventura no deserto israelense. Preferia prosseguir seu mestrado, quando engravidou da Adriana, nossa primogênita. Adriana nasceu no dia do atropelamento de meu pai, 5 de novembro de 1970. Ruth e eu fomos para a maternidade após a ruptura da bolsa amniótica, ocorrida durante a madrugada. Eu estava afobado, sem saber com que pressa deveríamos ir para a maternidade. A maleta dela e da bebê estavam prontas. Ela me tranquilizou, dizendo que o ritmo das contrações ainda era baixo, não precisávamos sair correndo para a maternidade. Se dependesse só de mim, já estaria na maternidade antes de o sol raiar. Arrumamo-nos, tomamos café e fomos para a Pró-Matre Paulista.

---

7 Associação dos Amigos da Histadrut, dirigido à época pelo cancerologista Dr. David Erlich.

Morávamos na Vila Olímpia, na rua Cabo Verde, distante uns dez quilômetros da maternidade. Chegamos com tranquilidade. A parteira orientou que ainda havia pouca dilatação. No final da manhã, recebo um telefonema do pronto-socorro da Santa Casa de Misericórdia de São Paulo, dizendo que o médico de plantão pedia que eu fosse para lá com urgência, pois ele acabava de examinar meu pai, que havia sido atropelado.[8] Imediatamente, me dirigi para lá. Logo o médico ortopedista chegou e me fez acompanhá-lo para dentro do pronto-socorro, deixando minha mãe e tia Cecília sozinhas no saguão. Senti medo e apreensão, mas, como colega, já que eu era médico, ele me levou até a maca em que meu pai estava estendido inconsciente, aguardando para ser levado para o centro cirúrgico:

— O quadro é grave — disse-me ele. — Não sei se ele vai resistir. Há traumatismos múltiplos pelo corpo, a base do crânio está fraturada. Faremos o que for possível, mas é gravíssimo o seu estado.

Ouvi perplexo o diagnóstico e o prognóstico. Estava anestesiado pela emoção e pela dor. Ouvi, mas aparentemente nada senti. O médico deu a entender que eu deveria me despedir de meu pai. Toquei no corpo dele de leve e saí para falar com minha mãe. Devo ter transmitido as informações com uma certa frieza, sem choro, impactado pela notícia e pelo imprevisível das próximas horas. Não devo ter me demorado, dividido que estava entre o pronto-socorro e a maternidade, entre a vida e a morte. Peguei o carro e dirigi de forma mecânica, sem perceber o que se passava ao meu redor. Quando cheguei à maternidade, o clima era de alegria. Ruth estava bem, com a nenê deitada sobre o seu corpo. Sônia, minha sogra, sorria ao lado da filha e veio me abraçar. Bernardo, meu sogro e obstetra, acompanhara todo o processo. Estava orgulhoso da filha, cujo parto havia transcorrido com tranquilidade.

[8] Prof. Dr. José Hungria Filho.

Ela tinha seguido todas as orientações respiratórias do parto pelo método psicoprofilático, do qual ele era um dos pioneiros no Brasil. Ela realizou, adequadamente, a "força comprida" a cada contração uterina, conforme ele a havia orientado durante o pré-natal. Entretanto, o parto foi conduzido por outro colega.[9]

Eu me sentia um estranho naquele ambiente. Havia me tornado pai. As pessoas me cumprimentavam e me abraçavam; contudo, eu estava dominado por sentimentos de alegria e de culpa, por pensar que meu pai poderia estar morto naquele momento. Contradições tomavam conta de mim: deveria eu acompanhar minha mulher e filha ou ficar com meu pai? Estava atônito, e não sei se minha mãe pôde me entender, intuir meu estado confusional. Pensei, afinal, que minha mãe e irmão poderiam acompanhar meu pai naquilo que fosse necessário, como compartilhar a espera e o sofrimento, visto que nada poderiam fazer a não ser aguardar que as equipes médicas tomassem as providências necessárias.

A sombra do distanciamento afetivo em relação aos meus pais me acompanhou por muito tempo. Creio que ela transcendia o acidente. O peso da culpa era uma forma de estarmos juntos apesar das distâncias. Felizmente, ele sobreviveu e pouco a pouco se recuperou.

Ruth teve uma segunda gravidez que resultou em um aborto espontâneo. Ficamos abalados – penso que mais ela do que eu. Ela estava terminando seu doutorado, e eu pleiteava uma bolsa de estudos para a França ou Inglaterra. Queria me especializar em psiquiatria infantil, área muito incipiente no Brasil dos anos 1970.

Ruth e eu carregávamos em nossos imaginários o medo de perder um novo bebê ou do risco de vir a ter uma criança com doença genética. Como disse, trabalhava no Laboratório de Genética Humana da USP, e eu, no Centro de Habilitação da Associação

---

9 Dr. Cerrutti.

de Pais e Amigos dos Excepcionais de São Paulo (Apae), cujo diretor clínico havia se tornado meu mestre, orientador e padrinho da Adriana.[10] Trabalhava, também, no Departamento de Psiquiatria Infantil do Hospital do Servidor Público do Estado.[11] Possuía cartas de recomendação do meu orientador no Brasil e de um neuropsiquiatra francês[12] que eu havia conhecido em um congresso internacional de psiquiatria infantil, ocorrido no Uruguai. Preparei um projeto de pesquisa sobre o diagnóstico diferencial entre autismo infantil e deficiência mental. Obtive uma segunda bolsa da Fundação de Amparo à Pesquisa do Estado de São Paulo (Fapesp) e uma licença remunerada da Apae-SP. Em meio a essas tensões, nossos projetos caminhavam. Ruth realizava seu processo de doutoramento em genética humana. Recebi resposta positiva do governo francês dentro do programa de cooperação cultural entre os governos francês e brasileiro. Fui aceito no serviço de psiquiatria infantil do Hôpital de la Salpétrière. [13] Já na França, com cartas de recomendação, tive acesso ao Centre Alfred Binet.[14] Voltei com o título de assistente estrangeiro da Faculdade de Medicina de Paris. Cumprido o compromisso de dois anos junto ao Centro de Habilitação, prestei concurso no serviço de Higiene Mental do Instituto da Criança do Hospital das Clínicas da USP. Paralelamente, assumi a função de diretor clínico do Centro Israelita de Assistência ao Menor (Ciam).

No regresso da França, dediquei-me à formação como psicanalista, com especialização na infância e adolescência. Fui editor da *Revista Brasileira de Psicanálise* e diretor administrativo da Sociedade Brasileira de Psicanálise de São Paulo, além de colaborar

---

[10] Prof. Dr. Stanislau Krynski.

[11] Coordenador: Dr. Oswaldo Dante Di Loretto.

[12] Prof. Dr. Cyrille Koupernik.

[13] Orientador: Prof. Dr. Jean-Didier Duché.

[14] Dirigido pelos professores doutores Sierge Lebovici e René Diatkine.

na fundação da Associação Brasileira de Psicanálise de São Paulo. Tornei-me assessor *ad hoc* da Fapesp. Em 26 de novembro de 2004, defendi na USP meu doutorado ao reunir História Social, Medicina e Psicanálise, na perspectiva de melhor entender o processo adolescente e suas relações com a cultura.[15] Esse processo foi estimulado pela minha filha Adriana. Tornei-me admirador e amigo de todos os meus orientadores, e tenho profunda gratidão por aqueles que se dispuseram a investir seu tempo e dedicação à minha pessoa. Compartilhei com eles e outros, aqui não nomeados, mas que também me são queridos, momentos de intensas emoções, culpas, ambivalências, orgulhos, realizações e tristezas. Uma complexidade turbulenta de sentimentos na complementação de minha identidade e traços de personalidade.

Digo tudo isso não só para expor minhas ambições e meu currículo, mas para salientar que eu sempre procurei uma figura de relevo com a qual pudesse me identificar, tomar como exemplo em minha busca por modelos do meu vir a ser. Uma busca na tentativa de poder me orgulhar de minha trajetória e me sentir reconhecido. Acredito que isso seja o resultado de muita dedicação dos meus pais.

Descobri que o percurso era árduo, mas não desisti. Pelo contrário, as dificuldades valorizavam meus esforços. Trabalhamos – digo no plural, pois a Ruth participou comigo, desde minha adolescência e juventude, de todos os passos dessa trajetória. Quando veio a confirmação da bolsa e da data da viagem para a França, veio o sentimento de conquista e de desafio. Eu não queria adiar outra vez meu projeto de viajar, de conquistar o mundo. Havia percebido que, em qualquer momento, haveria prós e contras, com o surgimento de novos sentimentos contraditórios que poderiam colocar em risco a execução do projeto. Ruth estava grávida de nossa segunda filha, Flávia. Mas, a decisão estava tomada. Ruth finalizaria

---

[15] Orientado pelo Prof. Dr. Hilário Franco Júnior.

seu doutorado, e o parto seria realizado no Brasil, pois ela queria estar próxima de seus pais. E assim aconteceu.

Viajei sozinho em julho de 1973. Flávia nasceu em 26 de setembro desse mesmo ano. Só fui conhecê-la no aeroporto Charles de Gaulle, em 1º de novembro. Peguei-a no colo quando chegamos em casa, com receio de deixar Adriana, aos 3 anos, enciumada. Tímida junto da mãe nos primeiros instantes, ao me ver na sala de desembarque correu até mim, num longo abraço até chegarmos ao carro, momento em que pude explicar-lhe que deveria ficar no colo da mamãe, pois eu precisava guiar. Flávia estava quietinha no cesto, à espera de conhecer o estranho que era o seu pai.

A decisão de viajar era uma oportunidade de desenvolvimento, de autoafirmação, acompanhada do desejo de voar, de ganhar autonomia. A contragosto da família, tomado de entusiasmo e culpa, viajei para Paris. Quinze dias após o parto, Ruth defendeu seu doutorado com brilhantismo. Embarcou para Paris em 31 de outubro de 1973 com as duas crianças e uma babá. Lembro-me da emoção quando Sérgio Rosemberg, neurologista brasileiro que se especializava na França, veio me avisar, no fim da tarde de um dia frio e chuvoso, que recebera um telefonema da Ruth para avisar que a Flávia havia nascido. Ele era o nosso ponto de contato. Fui até um bar na esquina da Rue d'Alesia, próximo do apartamento situado na Avenue du Maine, 174, onde havia um telefone público internacional.

Liguei para a Ruth. Ela e eu choramos, sem sermos capazes de falar, a não ser dizer das saudades, da dor da distância, da beleza da Flávia e que tudo estava bem. Seguiu-se um profundo vazio. Havia dúvidas sobre a adequação de minha decisão, mas aquela era a nossa realidade; momento marcante vivido a distância, com sofrimento e culpas, mas sem arrependimentos.

Em 26 de abril de 1977 veio o Ricardo, nome dado ao bebê pela Flávia, já em um momento mais organizado da vida em São Paulo.

Época que coincidiu com o início de minha formação analítica, um legado trazido da França, onde percebi que a psicanálise podia ser um grande instrumento preventivo e organizador dos processos da vida mental.

Voltando ao acidente de meu pai: me surpreendi ao ouvir o relato feito por ele para o Arquivo Histórico Judaico, pois em nenhum momento ele faz menção ou relaciona fatos ligados ao acidente sofrido na data de nascimento da neta Adriana. Simples coincidência? O esquecimento dessa relação ou o não registro dela pode ter se devido ao seu estado crítico; uma espécie de desligamento do que se passava ao seu redor em um momento em que sua vida estava por um fio. Ao longo do tempo, não me lembro de termos conversado sobre esse período impactante de nossas vidas, tão cheio de dualidades emocionais. Ele passou meses no hospital, e pouco pode acompanhar da vida da netinha naquela fase inicial. Eu me dedicava ao trabalho e à nova família, sem muito me envolver com as questões que afetavam a vida de meus pais. Visitava-os, mas havia um sentimento de estar em falta para com eles, e era cobrado por isso. Sentimento que também me acompanhava em relação à nova família, uma vez que precisava me dedicar ao trabalho e à minha formação profissional.

Passado o período de gravidade do acidente, pouco a pouco, desenvolveu-se profunda amizade e ternura entre os netos e meus pais, à medida que Adriana, Flávia e Ricardo cresciam. A promotora dos encontros era sempre minha mãe. Eu pouco conversava com meu pai, nada além de um relato de minhas atividades cotidianas, geralmente para contar dos meus êxitos. Faltava intimidade, cumplicidade.

As reuniões de família aos domingos não me deixam mentir. Era uma grande excitação e alegria. As netas adoravam brincar de casinha com os arranjos de uma baixela organizada em um carrinho de chá na sala de jantar. Da cozinha, era um vaivém de pratos saborosos e típicos, que nos alimentavam. Meu pai sentava-se à cabeceira da mesa, próximo à parede, na qual, sobre sua cabeça, pairava a reprodução de Chagall, *O rabino de Vitebsk*. As reuniões familiares dos domingos à tarde e festas judaicas eram alegres e tensas, repletas de sofrimentos não ditos. Meu irmão vinha com minha cunhada, Flora, e as três filhas, mas nosso contato nada tinha de íntimo. Éramos irmãos por força da natureza. Após o falecimento de nossos pais, meu irmão e eu nos aproximamos, fato que me pareceu bastante significativo.

Um dia, em um dos encontros familiares de domingo, perguntei ao meu pai o porquê daquele distanciamento na infância, da falta de um gesto de carinho, de contato com o seu corpo. Ouvi dele:

— Eu não sabia como fazer; acho que meu pai nunca me pegou no colo, eu tinha medo de machucar a criança.

Acredito que o conjunto de tais circunstâncias tenha influenciado o encontrar de minha posição como pai e marido. A divisão entre ser e fazer, entre sentir e pensar, sempre fez parte dos meus momentos de decisão, ou melhor, das minhas indecisões. Dizem que a dúvida é um sinal de reflexão, e que o momento da escolha se acompanha de ganhos e perdas; a opção, porém, nem sempre é a certa. Mas só fica sabendo quem se dispõe a arriscar. São momentos em que a onipotência sucumbe aos fatos. A travessia da turbulência é um trajeto penoso, cuja tomada de decisão costuma trazer algum alívio. No meu caso pessoal, têm prevalecido as realizações sobre as frustrações. Não me arrependo de nada, mas os custos foram grandes. Os ganhos, porém, foram ainda maiores.

Por trás de todas essas motivações psicológicas e profissionais, facilmente compreensíveis para um jovem ambicioso, segredos se revelaram. A necessidade de me distanciar das famílias de origem na busca de um modo próprio de ser tornou-se evidente para mim. Nossas famílias eram muito afetivas e protetoras, mas sufocantes, a ponto de interferir na minha expressão espontânea de ser.

Havia em mim um sentimento de fragilidade, de insegurança, de limitação na sustentabilidade do meu ser, acompanhado de outro sentimento, de não me integrar adequadamente aos grupos ou de querer manter uma individualidade conflitiva com a vida grupal. Um sentimento de ser diferente, de que minhas ideias fugiam daquelas comumente aceitas pelo grupo. Situação emocional produtora de um sentimento de estranhamento, um fenômeno que pude perceber na relação com meu pai.

Pouco falo de minha mãe, pois ela me era conhecida e próxima. Afetuosa, superprotetora, brava muitas vezes, mas estava lá, preocupada comigo e com as aparências, com o que os outros poderiam pensar e dizer. "Roupa suja se lava em casa", dizia ela com frequência. Aquilo me incomodava. Mas ela também afirmava:

— Você tem uma linguinha!

Aprendi que minha linguinha era uma arma cortante para me defender, atacar e construir. Um instrumento que, quando descobri, jamais quis abandonar. Talvez, por isso mesmo, eu me disponha a escrever o que estou fazendo agora.

Dentre os fatos marcantes em relação ao meu pai, há um que preciso revelar antes de concluir. Quando minha mãe teve o AVC, aos 83 anos de idade, toda uma equipe de reabilitação e cuidadores foi montada. Ela se recuperou bastante bem por uns três anos, mas, depois, teve um quadro de involução senil, até passar anos em vida praticamente vegetativa. Ela faleceu aos 92 anos, em 2004, 29 de fevereiro. Meu pai não saía de perto dela. Passaram a dormir em camas separadas. Foi o máximo afastamento ocorrido. Eles viviam com a aposentadoria recebida da Companhia Telefônica Brasileira, do INSS e de um mísero aluguel de uma casinha comprada na Rua padre Carvalho, em Pinheiros. O valor que recebiam não dava para pagar todas as necessidades, aumentadas com as questões de saúde e a idade avançada.

Meu pai nunca me pediu ajuda financeira, a não ser para colaborar com meu irmão em momentos de dificuldades. Algumas restituições dos empréstimos foram feitas pelos meus pais na expectativa de evitar confrontos fraternos, nunca ocorridos explicitamente. Porém, nessa fase final da vida deles, a conta mensal, consideradas receitas e despesas, não fechava. Medicamentos e a retaguarda de cuidadores consumiam muitos recursos. Durante anos, sem que meu pai soubesse, e em conluio secreto com meu irmão, banquei sozinho pelo menos a metade do que necessitavam por mês para viver. A colaboração efetiva do meu irmão veio mais tarde, no gerenciamento das equipes de trabalho.

Uma noite, durante uma visita à casa de meus pais, houve uma discussão séria entre mim e meu pai. Ele achava que eu não colaborava devidamente com a família, que deveria ajudar mais, compreender meu irmão, sem ter expectativa de retorno. Acreditava que assim deveria ser entre irmãos. Aquilo me irritou profundamente, nem tanto pela sugestão de ajudar meu irmão, mas por um sentimento de não estar sendo reconhecido em meu esforço para equilibrar minhas economias pessoais, ajudá-los e ainda colaborar com meu irmão.

Ruth e eu sempre trabalhamos muito. Ela já havia conquistado nova formação profissional como psicóloga e caminhava para especialização como psicanalista de grupo e família. Ambos éramos profissionais autônomos e sofríamos as oscilações econômicas, mas, felizmente, nunca passamos por falta de recursos. Nas épocas mais duras, conseguíamos nos virar por nós mesmos.

Eu carregava um sentimento de não dar afeto e cuidados suficientes tanto para meus pais como para minha família, dividido entre formação profissional, minhas ambições e cuidados familiares. Faltava tempo para a minha criança, para o meu lazer. Desejos de ser um super-herói, de ser o David que sempre vence o Golias, permeavam minhas atitudes, em conflito com limites pessoais. Explodi.

Nesse dia, indaguei se meu pai já havia feito as contas para ver se o que ele recebia era suficiente para pagar suas necessidades. Ele afirmava que sim. Disse-lhe que ele não sabia o que estava dizendo; que fizesse as contas para verificar qual era a realidade. Quem o ajudava a se sustentar nos últimos anos era eu. Aquilo caiu como uma bomba. Ele dizia que não era possível. Começou a refazer as contas, porém, esquecia de colocar determinados itens, levando-me a recordá-lo. Foi um encontro terrível, com verdades desencontradas que me fizeram reviver as brigas angustiantes que assisti na infância entre minha mãe e suas irmãs.

Algo equivalente havia assistido entre meu pai e seu irmão, Fernando, ilustre advogado no Rio de Janeiro, que o humilhava. Desvalorizava meu pai por não ter feito uma faculdade. Com ironia, dizia ao irmão que deveria ter comprado um diploma de engenheiro. Eu ouvi isso pessoalmente. Meu pai, indignado e contido, enfurnou-se calado, decerto chorando por dentro, em um canto do sofisticado apartamento do meu tio. Aturdido, eu via meu pai se corroendo, enquanto me perguntava se as profissões de rádio-técnico e de funcionário da Telefônica o desabonavam. Esperei por uma reação dele, mas ela não veio, a não ser resmungar algumas palavras em russo.

Fernando, nesses momentos, arrotava na cara de meu pai sua superioridade social e financeira. Fazia isso quando meu pai ia ao seu apartamento, a chamado dele, na Avenida Copacabana, em cima do antigo cinema Roxi, ou na Rua Bolívar, ou, ainda, na Avenida Atlântica, ao lado do Hotel Copacabana Palace. O chamado era para arrumar o sistema de som de um aparelho de alta-fidelidade ou uma extensão da linha telefônica, feitos por meu pai. Eram brigas homéricas e que me levavam a sentir pena e revolta, pois meu pai não se impunha.

Naquela noite, em seu apartamento na Rua Bela Cintra, enquanto minha mãe vegetava no quarto ao lado, eu discutia com meu pai, observado pelo rabino de Chagall. Saí dali revoltado. Quinze dias após nosso confronto, meu pai foi internado com um quadro grave de septicemia. O quadro febril e respiratório se agravara. Fez com que ele entrasse em intensa agitação. Este fato levou a equipe médica a optar por uma sedação leve, com o receio de deprimir ainda mais a atividade respiratória. Porém, ele reagiu com mais excitação, condição que fez com que fosse fisicamente contido, amarrado ao leito. Ele suplicava, tomado pela ira e pela impotência:

— Deixem-me morrer em paz; não quero nada, não façam nada. Deixem-me morrer em paz. Não sou um animal, não me amarrem!

Em seus momentos de agonia, de delírio febril, chamava pela mãe:

— Oi, *mome*, oi, *mome*, venha me buscar.

Gritava, chorava. Falava em russo, atado ao leito em um quarto à meia-luz.

Meu irmão e eu fomos falar com a direção do hospital. Eu, como médico, dotado de uma suposta autoridade, pedi para que deixassem meu pai morrer em paz, sem dor, com a dignidade que ele merecia. Que ao menos o sedassem para não sofrer tanto. Ouvimos que nada se podia fazer, além de ter fé e esperar que Deus o chamasse.

— *Oi, gotinho, oi mome, deusinho, mamãezinha,* me ajudem, por favor.

Foram suas palavras finais, na esperança de se livrar do sofrimento. Viver um pouco mais, por quê, para quê? Ele não merecia ter tido a morte que teve. Era um homem bom, traumatizado na infância pela loucura dos homens fazedores de guerras, que se arrogavam a condução da sociedade e do mundo sem levar em conta a solidariedade e o bem-estar coletivo, dominados por ideologias e desejos de poder. Algo não muito diferente do que vivemos nos dias de hoje, quando psicopatas assumem o poder.

Naquele momento crítico no hospital, não associei que a discussão em sua casa pudesse ter gerado uma reação depressiva, acompanhada de uma diminuição da imunidade, favorecendo a ocorrência do quadro infeccioso. Eu já havia vivido algo semelhante na minha pessoa e com os meus pacientes, isto é, havia tido a percepção de uma possível verdade confrontada com um autoengano criado por armadilhas inconscientes, formas de fuga diante da dor promovida pela realidade. A vida tem me ajudado a identificá-las, mas não impede sua formação – quando muito, a tomada de consciência atenua o risco e possibilita proteger-se ou lidar melhor com tais processos.

Passado algum tempo daquele episódio na sala de jantar do seu apartamento, pude me dar conta, ou levantei a suspeita, de que matara meu pai ao revelar sua impotência. Era o David matando o Golias inalcançável da infância. Não deixei de pensar, também, que, ao induzi-lo à morte, ajudei-o a se livrar da prisão que ele havia criado para si, por não se permitir se afastar, nem por um instante, de perto de minha mãe, a sua Yentale. Uma relação plena de sentimentos ambivalentes.

Perguntava-me: deveria me sentir culpado por ter tido êxito patrimonial, profissional, social e familiar? Teria sido cruel em meu acerto de contas? Vitorioso pelas conquistas; fraco por não ser capaz de conter as alianças nocivas estabelecidas nas relações entre mim e meu pai, no pretensioso intuito de esconder verdades – minhas, de meu pai ou de meu irmão, procurando equilibrar as relações. Na verdade, eu me sentia criticado, rejeitado e não reconhecido, questões exploradas, mas pouco elaboradas, ao longo de minha vida.

Emmatchka, meu pai, faleceu em 20 de agosto de 2003, alguns dias após completar 95 anos e ter feito 70 de casado. Na cerimônia, realizada no Cemitério Israelita do Butantã (setor M, quadra 239, sepultura 81), um dos meus irmãos eleitos, Nicolau, com sua linda voz de barítono, cantou uma missa da Igreja ortodoxa russa em sua homenagem; foi emocionante. Seis meses mais tarde, em 29 de fevereiro de 2004, minha mãe faleceu (Cemitério Israelita do Butantã, setor M, quadra 239, sepultura 82). Foram enterrados um ao lado do outro, tendo ele em sua lápide o pensamento que sempre o acompanhou: "*No final, tudo vai dar certo*". Na lápide de minha mãe ficou inscrito: "*Aquela que sempre nos alimenta*".

Por ocasião do falecimento da Yentale, Lis, com 3 anos, comentou com a avó Ruth:

— Este caixão preto é feio; quando você morrer, vou escolher um caixão cor-de-rosa.

Mais tarde, Nina e Lis pediram para plantar uma árvore em cada túmulo. Justificaram seus pedidos dizendo que assim haveria sombra para eles, cujos corpos alimentariam as plantinhas. A ideia de transmissão geracional, de continuidade e de transformação estava presente nas memórias e nos exemplos deixados.

Um certo sentimento de falta, de incompletude e de ser incompreendido pelo meu pai me intrigava, pois ele gostava de ser amigo de meus amigos. Conversava com alguns deles, jogava xadrez ou cantava em russo, acompanhado de uma dose de vodka. Com o marido de uma das minhas sobrinhas, William, pessoa brilhante e admirável, ele tinha longos papos. Eu sentia orgulho e ciúmes, mas não era isso que realmente me incomodava. A dor emergia da percepção de não termos conseguido ser amigos nem na infância, nem na vida adulta. Uma barreira se interpunha à construção de algo idealizado por mim e que poderia ser chamado de intimidade. Poderíamos sentir o prazer de estarmos juntos, trocarmos ideias, percebermos diferenças, acolhê-lo e me sentir acolhido. Creio que havia admiração e respeito mútuos, mas não amizade.

Sentimentos de realização devem ter sido consequência do meu empenho, dedicação, espírito ousado e criativo, liberado ao longo dos anos de sessões de terapia. Talvez eu tenha tido sorte, mas também intuição, ao escolher Ruth como parceira. Seria mentira, e ninguém acreditaria, se eu dissesse que não tivemos ou que não temos problemas. Enfrentamos conflitos e desentendimentos que foram trabalhados com resiliência, capacidade para lidar com o caos e, como dizia meu pai, com muita tolerância e disposição para a renúncia de desejos pessoais, na preservação do bem-estar coletivo e da estabilidade da família.

Ruth, com sua grande habilidade de integração e articulação, soube contornar situações difíceis e complexas, apesar de algumas manipulações dominadas por uma espécie de sedução *naïve* e teimosia – característica para a qual minha mãe me alertou já nos tempos de namoro. Com tendências conservadoras, compensadas pelo bom humor e pela tenacidade, ela buscava, e ainda busca, reequilibrar as mudanças e transformações ocorridas durante nossa longa permanência conjunta. Características que contribuíram para que tivéssemos filhos e netas amorosos, corajosos, ousados, determinados, reflexivos e, principalmente, sensíveis, que me ajudaram e que ainda me ajudam a construir um sentimento de realização e de complementariedade internas.

Hoje, percebo quanto meus pais se dedicaram aos filhos e a si mesmos para, como imigrantes, que vieram sem nada, só com educação e cultura, vencerem na vida. E venceram! Deram aos filhos carinho, educação, boas escolas, valores éticos e morais, conforto, e, também, aceitaram a liberdade conquistada. Havia da parte deles o desejo de que cada um de nós pudesse caminhar com as próprias pernas e nas direções sonhadas. Eram liberais, ainda que fizessem certas pressões – principalmente minha mãe que, querendo meu bem, me enchia de culpa quando eu seguia um caminho diferente do preconizado por ela.

Demorei para entender que era eu quem deveria mudar minha relação comigo mesmo e, consequentemente, com eles, em vez de desejar e de tentar fazer com que eles mudassem de postura e me aceitassem. Eles estavam consolidados em um determinado modo de ser. Minha mãe não se omitia, não deixava de falar o que sentia, se intrometia, opinava, direcionava. Meu pai, silencioso, raramente dizia o que sentia ou pensava. Era seu jeito de ser, e divergíamos com frequência. Mais tarde, já no fim da vida dele, acabei dando a mão à palmatória em várias situações. Entendi um pouco melhor as virtudes e vicissitudes da natureza humana ao desejar interferir no mundo, colaborar para tornar o ser humano melhor em suas ações, lutar por mudanças de mentalidade por uma sociedade mais justa e igualitária, ou, ao menos, oferecer oportunidades. Queria pensar no coletivo, e tive o sonho de um dia morar em um *kibutz*. Creio que não lutei o suficiente para seguir naquele caminho. Hoje, acho-me mais egoísta, preocupado em manter uma certa estabilidade e rumo. Acho, também, a sociedade egoísta, hipócrita e autocentrada, com raras exceções. A pandemia, como as guerras ou outras catástrofes, ajuda o homem a viver a ambivalência entre solidariedade e egoísmo.

Meu pai, sem me confrontar, dizia:

— Não adianta, você vai se desgastar, é a natureza humana.

Meus pais aprenderam a respeitar as diferenças e individualidades a partir das suas próprias vivências e das inúmeras orientações que receberam dos profissionais que me acompanharam durante minha infância e adolescência.

Os fatos narrados são subjetivos, difíceis de serem avaliados objetivamente. Muito do que conto pode ser apenas meu, e não me esclarece o suficiente para justificar a intensidade de sintomas da infância que pareciam anunciar o fim do mundo. Sonhos de sótãos ruindo, labirintos sem saída, grutas escuras, desmoronamentos e aviões que não conseguiam decolar ou que explodiam. Situações incrementadas por gozações – o *bullying* de hoje em dia – que agravavam as sensações de fragilidade, a necessidade de proteção. Havia, entretanto, uma energia reprimida, intrínseca à minha constituição, impregnada de forças inomináveis, produtora de fantasias estranhas à minha percepção racional. Pude me realizar em diversos setores da vida, mas um sentimento de urgência e de controle restaram presentes.

Carrego vestígios de sentimentos primitivos profundos, escondidos em mim, em áreas a que não tive acesso, nem mesmo por meio dos profissionais que me acompanharam, que muito me ajudaram no trabalho de abrir a mente no alcance de uma compreensão melhor de mim e da vida. Percebo a existência de um núcleo duro e obscuro da personalidade, de origem desconhecida, que se mantém em segredo para mim mesmo, mas que também serve de estímulo à curiosidade e à expansão. Área habitada por monstros inomináveis que me assustavam na infância ao ouvir estalos e ruídos noturnos, o ranger das madeiras, fantasmas da infância que falavam a linguagem do perigo. Estado constante de alerta, exacerbado em dias de trovoada, quando os medos aumentavam. Precisava me esconder, agarrar-me à minha mãe diante do trágico que estava por acontecer, prenúncio do fim dos tempos. Na vida adulta, o perigo estava na impulsividade atraída pelo perigo, pelo desconhecido. A percepção e o conhecimento têm me ajudado a preencher algumas lacunas de um passado presente que tento alcançar, e me acalmar.

CAPÍTULO 17

Odessa, 2018

Em 22 de julho de 2018, meu filho, Ricardo, meu irmão, Hélio, e eu, apenas a ala masculina dos Levitsky, nos encontramos em Odessa para conhecer a cidade natal de nossos antepassados ucranianos. Uniram-se a nós minha sobrinha-neta, Ana – filha da primogênita de meu irmão –, e seu marido, Graham, moradores de Dublin. Ambos cineastas, vieram para ver o avô e se dispuseram a registrar nossa viagem, com vistas a uma produção cinematográfica dessa experiência familiar inusitada.

É bom que se diga que essa foi a primeira vez em minha vida que realizei uma viagem e permaneci tanto tempo ao lado do meu irmão. Tenho poucas lembranças de estar ao lado dele como companheiro, ou mesmo conselheiro, visto ser ele o primogênito oito anos mais velho do que eu. Foi, simplesmente, maravilhoso. Apesar dessa frase sintetizar o êxito da viagem, ela foi muito maior.

Fomos aos locais de origem homenagear nossos entes desconhecidos, mas presentes em nós, que o tempo e as guerras se incumbiram de destruir, apagando registros como os túmulos do antigo cemitério judaico. Uma floresta foi ali plantada para não deixar vestígios de um passado sangrento e vergonhoso de perseguições e fome. A grande sinagoga Brodsky, em estado de deterioração, foi transformada em depósito amontoado de documentos históricos da cidade, sem qualquer possibilidade de manuseio, resultando na perda dos elos históricos. Recentemente, o governo ucraniano prometeu devolver essa relíquia, hoje escorada por andaimes, à comunidade judaica, já que o grande edifício foi confiscado e dado ao povo pelo antigo governo comunista.

O processo de organização dessa viagem foi curioso. Recebi um telefone de um amigo *marchand*, Max Perlingeiro, desejando me fazer um convite para escrever um texto. Surpreso, convidei-o para jantar, oportunidade de nos revermos, o que me daria imenso prazer. Ele disse que viria com um amigo. Achei ótimo e nada questionei. Marcamos o encontro para quarta-feira da semana seguinte. O convite era para escrever um texto sobre a amizade entre dois importantes artistas brasileiros, Alfredo Volpi e Bruno Giorgi. Senti-me honrado e temeroso de não corresponder às expectativas; o projeto era ambicioso, e a responsabilidade, grande.

De início recusei, em função de outros compromissos assumidos, mas entendi a importância da proposta e o desafio que significava para mim. Acabei aceitando. O resultado é o texto "Estética de uma amizade", mesmo título da exposição mencionada. Durante as conversas, insinuei que um dos meus impedimentos seria uma possível viagem para Odessa. Pedro Mastrobuono, amigo de Max, prontamente se dispôs a colaborar e me colocou em contato com o rabino Dovi Goldberg, do Beit Chabad do bairro do Morumbi, possuidor de contatos naquela cidade. No dia seguinte, um tanto inibido por ter de pedir um favor para alguém que eu não conhecia, fui prontamente atendido e, em dez minutos, estava falando com outro rabino, Shmulik Greenberg, do Beit Chabad e diretor do Mishpacha Orphanage, de Odessa. Ele se dispôs a colaborar no encontro de vestígios de minha família e a localizar o prédio onde meu pai nasceu e viveu até abandonarem a cidade, ameaçados pelo regime comunista.

Shmulick me colocou em contato com um jovem ucraniano daquela comunidade, Igor Shatkhin, que estaria à nossa disposição. Conversamos durante cerca de meia hora. Na despedida, ele me disse, agora em português, "um abraço e muito obrigado". Fiquei incrédulo. Provavelmente, ele falava português do jeito que eu falava inglês. O fato é que nos entendemos. Fiquei sabendo que ele havia morado um ano no Brasil, trabalhado em conjunto com o rabino Dovi. Em menos de uma hora estava com contatos naquela cidade e com o programa de visitas organizado.

A adrenalina se espalhou pelo meu corpo e a excitação subiu à cabeça diante da perspectiva que se tornava realidade. A leitura de vários livros sobre Odessa permitiu delinear a cidade em minha cabeça, como a Praça Catarina II, o prédio descrito pelo meu pai na entrevista dada ao Arquivo Histórico, o *boulevard*, a escadaria, o teatro de ópera, o porto. Imaginei o couraçado Potemkin, ancorado a meia-distância da costa, dando tiros de canhão e o tumulto da população observando as explosões, tão bem descritos por Jabotinsky em *The five*. Odessa passava a ser algo vivo dentro de mim.

Passados alguns dias, recebo um telefonema do rabino Shmulik:

— Bom dia, David. Estou diante do prédio onde sua família viveu. É um lugar muito bom. Amanhã, parto para os Estados Unidos. Está tudo organizado para sua chegada no mês de julho. Natália irá acompanhá-los na parte turística, e Igor fará uma visita à sinagoga, mostrará o trabalho que realizamos na creche e providenciará o que for preciso, basta falar com ele. Desfrute da viagem. *Shalom* e até qualquer dia.

Eu não estava acreditando nos elos de amizade, na proximidade afetiva e na rapidez com que havia se estabelecido essa rede de comunicação. Havia a sensação de uma força mágica me impulsionando para um momento de grandes realizações. Era um bailado de emoções e sonhos que se concretizavam, um conjunto de movimentos concatenados, harmônicos e espontâneos que transmitiam energia vital e alegria.

Ricardo e eu partimos de Lisboa rumo a Odessa. Chegamos dia 20 de julho para uma permanência de seis dias na cidade. Dia 21, Ricardo e eu andamos a pé por toda a zona central da cidade, caminhada que levou umas oito horas. Queríamos absorver cada ponto por meio do guia turístico que tínhamos em mãos.

Hélio, Ana e Graham vieram de Paris. No dia 22 de julho estávamos reunidos defronte ao Hotel Wall Street. Caminhamos juntos até a Rua Osipov, 21, sede da sinagoga ortodoxa, dirigida pelo rabino Avraham Wolff, que também se ocupa da transição e do resgate para a comunidade judaica ortodoxa da grande sinagoga Brodsky, hoje transformada em monumento nacional do Ministério da Cultura e Turismo desde o domínio comunista.

Na entrada da sinagoga, encontramos Igor, que nos introduziu em seu interior. Fundada em 1840, sua decoração interior e estilo fizeram com que nos sentíssemos em casa: nada muito diferente da sinagoga que frequentei na infância, na Rua Newton Prado, no bairro do Bom Retiro, que, como já disse, recebeu muitos imigrantes judeus, mas também italianos, no início do século XX. Conhecemos a esposa do rabino Wolff, que nos acolheu e respondeu a todas as perguntas sobre a vida atual dos judeus em Odessa. Quis saber sobre a história de nossa família na Europa.

Em seguida, Igor nos levou ao prédio sede do Mishpacha Orphanage, que realiza um belíssimo trabalho educacional e de acolhimento de crianças judias e não judias pobres, órfãs ou que necessitam de um lar e escola para o seu desenvolvimento. Na parte da tarde nos reunimos com Natália, que nos mostrou os principais pontos turísticos judaicos da cidade. No dia seguinte, fomos ao cemitério com área destinada aos mortos judeus e a um cemitério judaico, em ruínas, em homenagem às vítimas do nazismo e da Segunda Guerra Mundial.

Nosso roteiro terminou no fim da tarde, defronte ao número 5 da Praça Catarina II, a morada de meu pai. Uma placa colocada na lateral do portão de entrada dizia: construído em 1901. Emoção indescritível. Ficamos ali parados, extasiados, olhando para cada ponto, esquadrinhando o espaço, inalando cada milímetro, desejosos de incorporar o conteúdo histórico e emocional condensado ao longo dos tempos. Ao lado da entrada principal havia duas lojas, uma delas ocupada por uma lanchonete e a outra vazia, com uma placa de "Aluga-se" e um número de telefone. Uma delas havia pertencido à minha avó Luba.

Entrei na lanchonete para conversar com o jovem que servia no balcão. Queria contar-lhe que, no passado distante, aquele espaço havia pertencido à minha família. Eu precisava falar aquilo para alguém. Fazia calor e eu me sentia exausto, pegando fogo. Pedimos bebidas. Enquanto esperávamos que nos servissem, vejo Ricardo falando no celular. Achei estranho, mas podia estar falando com o Brasil. Poderia, também, ter a necessidade de compartilhar aquele momento com alguém. No entanto, ele havia chamado o número indicado na faixa de "Aluga-se" e conversava com o corretor. Explicou que éramos brasileiros à procura da moradia de nossos familiares. Em resposta, ouviu uma pergunta:

— Vocês estariam interessados em comprar algum apartamento nesse imóvel? Pois há um à venda.

Diante da resposta afirmativa, pediu que ligássemos mais tarde, pois iria agendar uma visita com o proprietário para o dia seguinte.

Na hora combinada, encontramos o corretor na lanchonete. Conversamos um pouco, desfrutando do espaço que havia sido confiscado de minha família, em 1919, pelo governo comunista. Com a chegada do proprietário entramos no prédio. Cruzamos o grande portão de ferro preto com detalhes em dourado e o número 5. O edifício estava razoavelmente conservado.

Os batimentos cardíacos se aceleravam conforme subíamos até o segundo dos três andares. A escada era de mármore branco, larga, com corrimão de madeira e ferro trabalhado. Grandes janelas iluminavam a escadaria com vista para o pátio central circular, dando acesso a outros blocos. O chão de pedra, heras cobrindo paredes, emoldurando portas e janelas, enquanto eu via carruagens, cavalos, cocheiros e meu pai menino acariciando os animais. No *hall* do segundo andar, a porta da esquerda, em madeira maciça trabalhada em estilo imperial, se abriu. Surpresos com as dimensões do imóvel, pé-direito alto, percorremos um longo corredor, com dois quartos à direita e dois à esquerda, duas grandes salas com lareiras, uma defronte da outra, uma grande cozinha. Ao fundo, o banheiro. Imaginei-me na casa de meus pais nos encontros de domingo, mas logo retornei ao presente para apreciar o apartamento reformado que preservava a sobriedade do estilo da época, o nível de luxo da antiga burguesia do final do século XIX. Das janelas podia-se avistar a praça com a estátua da tsarina Catarina II e o palácio, bem defronte, que havia sido sua moradia de verão.

Nada se assemelhava às imagens e descrições feitas por Chagall de sua cidade natal, Vitebsk, nem com o que eu imaginava de Yedenitz. Vi meus avós conversando ao lado da lareira, na sala de estar, as crianças correndo entre os móveis, e imaginei em Pessach a família reunida em torno da grande mesa. Ao final da visita, o proprietário nos contou que aquele imóvel havia sido confiscado pelos comunistas e que, naquela época, abrigara algumas famílias. Posteriormente, recuperada a democracia, o Estado pôs o imóvel à venda. Foi assim que ele o comprou, e fez questão de afirmar que a documentação estava toda em ordem. Conversamos sobre uma possível negociação. Ele foi direto e objetivo:

— Desejo receber 500 mil dólares, sendo 300 declarados e 200 por fora.

Alegamos que precisaria ser tudo declarado. Ele ficou de pensar, e nós também. Evidentemente, não se fez nenhum negócio.

Incrível a capacidade que se tem de criar fantasias. Eu não podia imaginar que a Odessa do início do século XX tivesse um desenvolvimento e benfeitorias - como as sinagogas, o belíssimo teatro de ópera, praças e alamedas arborizadas - reveladoras de um espírito descontraído e sofisticado, ocidentalizado, ao lado de regiões extremamente pobres. Não me era possível apreender, pelas poucas histórias contadas, o nível social de meus avós, nem o ambiente literário e cultural que dominava parte da sociedade ucraniana e judaica. Apesar de minha avó vir de uma família religiosa, ela era bastante assimilada. Meu avô, mais ainda. Muitos judeus preservavam aspectos da tradição, enquanto outros pertenciam a grupos ortodoxos e hassídicos, além da música *klezmer*, intensa e alegre, nascida em Odessa. Ela reproduzia algo do espírito popular judaico, miscigenado com os modos de ser de uma cidade cosmopolita, com grande circulação de pessoas e de dinheiro, como na época áurea das atividades portuárias de exportação e importação.

Eu percebia as diferenças culturais entre meus pais. Emmatchka, jogador de xadrez, filatelista, dedicado à numismática, adorador da música clássica e cultivador do estudo da história mundial e judaica. Apesar de tímido, retraído socialmente, sério no trabalho, era muito respeitado pelos colegas por sua eficiência, lealdade, ética e respeito às relações. Yentale vinha do *schteitl*, à semelhança das imagens de Chagall. Era mais simples, intuitiva, valorizava o social e as aparências. Muito afetiva, por vezes autoritária, como sua mãe, minha avó Tereza, matriarca respeitada e temida.

Ao escrever, sou tomado por fortes emoções e lembranças que me fazem pensar nas riquezas das relações familiares. Sentimentos oscilantes e caleidoscópicos preenchem minhas lembranças e saudades. Concluo que o distanciamento de meu pai não era afetivo, nem de rejeição a mim, mas barreiras que foram incorporadas em sua personalidade por medos reais e fantasmagóricos que contribuíram para um distanciamento. O recomeço da vida no Brasil, saindo do nada, apenas com vontade de vencer desafios, encontrar desenvolvimento, esperança no estudo e no trabalho, nas relações familiares, integrado à nova terra, serviam de propulsores para viver e viver com as intercorrências habituais da vida. Mas longe das guerras, das violências, das misérias e outras formas de opressão.

Nasci por ocasião do término da Segunda Guerra Mundial. Pensei em meu pai jovem, se desdobrando para tocar a família em um novo país, a esposa grávida durante a guerra, um mundo incerto a ser oferecido ao bebê que estava por nascer. Quantas lembranças das guerras, das perseguições vividas na Ucrânia, das fugas, dos perigos imprevisíveis foram reativadas, consciente ou inconscientemente, em suas memórias. Conflitos intrínsecos à sua natureza e das relações humanas emergiram, agravados por um histórico de medos, perseguições, fome, violências e fugas que devem ter interferido em nosso relacionamento. Trabalhar e trabalhar eram o objetivo dele, para trazer garantias e diminuir as inseguranças pessoais e familiares. Creio que as indagações que cercaram os mistérios de minhas relações com meu pai tenham me mobilizado nos desejos de ir ao encontro de respostas a esta questão: quem é esse desconhecido, meu pai?

Nessa busca, algo se esclareceu, e muitas outras questões surgiram. Mas entendi que, para ser feliz, não é preciso ter todas as respostas quando se consegue suportar a ignorância, a incerteza e a dúvida. Quem sabe o que será amanhã?

Hoje, identifico um provável denominador comum a mim e a meu pai. Ambos devemos ter vivido momentos reais ou imaginários de sofrimento durante nossas infâncias. Traumas vividos e transmitidos também por antepassados perseguidos, resultando em processos emocionais defensivos que afetaram nossa autoestima, geraram dor, frustração e raiva, que normalmente acompanham tais situações.

Minha criança alegre e saudável pôde brincar, emergir, vir à tona na orla marítima de Odessa, caminhando e correndo pelo extenso parque que acompanha a costa ao longo das falésias. Vendo outras crianças correrem, empinando pipa, convidei meu irmão para um passeio de bicicleta. Após certa indecisão, ele aceitou. Andamos por meia hora. No retorno da parte baixa da cidade, a subida da falésia não foi fácil. Passei uma curva e parei para descansar enquanto aguardava por dele. Como demorasse, resolvi retornar o trajeto para encontrá-lo. Ele havia levado um tombo e estava sendo socorrido por uma senhora que, inclusive, o medicou. Coisas que acontecem quando as crianças brincam. Superado o susto, foi um momento de muita diversão o da descoberta de nossa intimidade e amizade reprimidas.

Depois desse evento, outro momento memorável aconteceu, espontaneamente, quando tivemos em pé uma longa conversa, após caminharmos pelas ruas de Moldavanka, o antigo bairro pobre dos judeus de Odessa, onde minha avó tinha a fábrica de guarda-chuvas. Paramos para contemplar o impressionante monumento em homenagem aos judeus, adultos e crianças, aprisionados e mortos na Segunda Guerra, local próximo à casa onde Theodor Hertzel e outros pioneiros se reuniam para discutir a formação do Estado de Israel e a compra das primeiras terras.

Meu irmão e eu colocamos em pratos limpos nossas convergências e divergências, traços distintos de nossas personalidades, em um clima amistoso e fraterno. Meu irmão deixava de ser um irmão imposto pelas circunstâncias para ser um irmão eleito. Ele como eu, sem nos darmos conta, também havíamos carregado o peso das guerras vividas e revividas por nossos pais, possível repetição da relação entre meu pai e seu irmão. Aquele estava sendo o momento do nosso armistício como irmãos.

Ricardo acompanhou a conversa e, emocionados, nos abraçamos com muita ternura. Era dia 28 de julho, coincidentemente dia do aniversário de Emmatchka e término da viagem, Ricardo me ofereceu um livro: *Odessa transfer: chroniques de la mer noire.* Mais do que o livro, me importa aqui a dedicatória que ele me escreveu, e que reproduzo, pois esclarece pontos da relação com meu pai que, involuntariamente, se repetiram na relação com meu filho:

Pai,

Obrigado pela viagem e oportunidade maravilhosa que você nos proporcionou. Você foi muito corajoso de ter nos encaminhado para este resgate de raízes. Aliás, coragem é seu nome, não é mesmo pai. Hoje, mais do que nunca, sei o quanto você foi corajoso para enfrentar todos esses medos. Senti e sinto a sua dor, e obviamente pude entender os meus medos e, finalmente, sentir a dor. A minha dor. Como é bom sentir, não é mesmo? Você me deu um grande presente com esta viagem. Uma viagem de cura, de libertação, de luz sobre o medo. Já podemos respirar aliviados. Já podemos brincar, mesmo sendo tão diferentes e tão parecidos. Podemos brincar, porque nos respeitamos, nos admiramos, porque sabemos que coragem não nos faltou.

Podemos olhar para Odessa e falar "Emmatchka, está tudo bem. Você fez o seu melhor e estamos aqui, seguindo e criando legados".

Ficou mais fácil beber vodka e se sentir perto, alegre e feliz.

Pai, você escolheu os três homens de sua vida para esta linda caminhada. Tenha certeza de que você foi um filho maravilhoso, um grande irmão, e, como pai, tenho toda a autoridade para dizer: você é um excelente e maravilhoso pai.

Hoje, mais do que nunca: você teve a hombridade e humildade de mostrar com amor e afeto toda sua fragilidade e agradecer o que é possível.

Estamos aqui para viver o hoje e o agora, viver o possível.

Obrigado, pai. E feliz aniversário ao nosso Emmatchka.

Ricardo

As palavras de Ricardo esclarecem a essência dos questionamentos e abrem um novo espaço em minha relação, agora como pai, deixando o legado da coragem, da valentia e do apego à vida aos meus filhos e netas, Adriana, Flávia, Ricardo, Nina, Lis e Cecília, capazes de lidar com as adversidades da vida. Sem dúvida, foi Ruth quem se encarregou de dar o acolhimento, a tolerância e a ternura para que tudo isso acontecesse.

Emocionados, Ricardo, Hélio, Ana, Graham e eu fomos todos jantar em um restaurante típico da cidade. Moças lindas e delicadas, vestidas a caráter, música russa, vodka, caviar e, para terminar, *borcht, varnichque, holodietz, hering, kache*, frango e *apfelstrudel* com creme de leite. Ficamos empanturrados e felizes. Estávamos em casa, em família.

Após alguns dias, já na área de embarque do pequeno e simplório aeroporto de Odessa, enquanto aguardávamos a chamada para o nosso voo de regresso, andando pelo *duty free*, eis que surge diante de meus olhos, em embalagem de luxo, uma garrafa de vodka da marca Staritsky-Levitsky. Evidentemente, não poderíamos deixar de comprar.

É da família? Não sei. Mas vamos brindar. *Le chaim*!

Referências

ASCHERSON, Neal et al. *Odessa Transfer: chroniques de la mer Noire*. France: Les éditions noir sur blanc, 2011.

BABEL, Isaac. *A cavalaria vermelha*. Rio de Janeiro: Civilização brasileira, 1969.

BABEL, Isaac. *Récits d'Odessa et autres récits*. Tradução do russo: André Markowicz (dir.). Arles: Actes Sud, 1996.

BABEL, Isaac. *Contos de Odessa*. Tradução do russo: Rubens Figueiredo. São Paulo: Penguin/Companhia das Letras, 2015. (Publicado originalmente em 1931)

CHAGALL, Marc. *Ma vie*. Tradução do russo: Bella Chagall. Paris: Stock, 2003. (Publicado originalmente em 1928)

CHAGALL, Marc. *Les années russes, 1907-1922*. Musée d'art moderne de la Ville de Paris, 1995. (Publicado originalmente em 1931)

CURTAIN, William E. *Around the Black Sea*. New York: Hodder & Stoughton, 1911.

FORAY, Jean-Michel. *Le petit dictionnaire Chagall en 52 symboles*. Paris: M., 2013.

FRANK, Ben G. *A travel guide to Jewish Russia & Ukraine.* Gretna: Pelican Publishing Company, 2000.

FRISCHER, Dominique. O barão de Hirsch e a imigração judaica para o Novo Mundo. *Revista do Instituto Cultural Judaico Marc Chagall,* v. 2, n. 1, jan.-jun. 2010. Disponível em: https://seer.ufrgs.br/webmosaica/article/viewFile/15565/9308. Acesso: 20 set. 2021.

HERLIHY, P. Greek merchants in Odessa in the nineteenth century. *Harvard Ukranian Studies*, vol. 3/4, 1979-1980.

JABOTINSKY, Wladimir. *The Five*: A Novel of Jewish Life in Turn-of-the-Century Odessa. Tradução do russo: Michael R. Katz. Ithaca / London: Cornell University Press, 2005.

KANCYPER, Luís. *Amistad:* una hermandad elegida. Buenos Aires: Lumen/Tercer Mileniom, 2014.

KING, Charles. *Odessa:* splendeur et tragédie d'une cité des rêves. Paris: Payot, 2017.

POLLACK, Martin. *Empereur d'Amérique:* Le grand exode de Galicie. Lausanne: Les Éditions Noir sur Blanc, 2015.

REVISTA MORASHÁ. A vida dos judeus na Ucrânia até início do século XX. Edição 84, jul. 2014. Disponível em: http://www.morasha.com.br/comunidades-da-diaspora-1/a-vida-dos-judeus-na-ucrania-ate-inicio-do-seculo-20.html. Acesso: 09 dez. 2021.

SCHNEIDER, Pierre. *Marc Chagall.* Paris: Flammarion, 1995.

TROTSKY, L. Os crimes de Stalin. Rio de Janeiro. Editora Melso S.A., n/d.

ZIPPERSTEIN, Steven J. *The Jews of Odessa:* a cultural history (1794-1881). Califórnia: Stanford University Press, 1986.

WEINBERG, Robert. *The Revolution of 1905 in Odessa.* Indiana: Indiana University Press, 1993.